# あしでまとい
## 御城下の秘技

井戸正善　Masayoshi Ido

アルファポリス文庫



https://www.alphapolis.co.jp/

# 目次

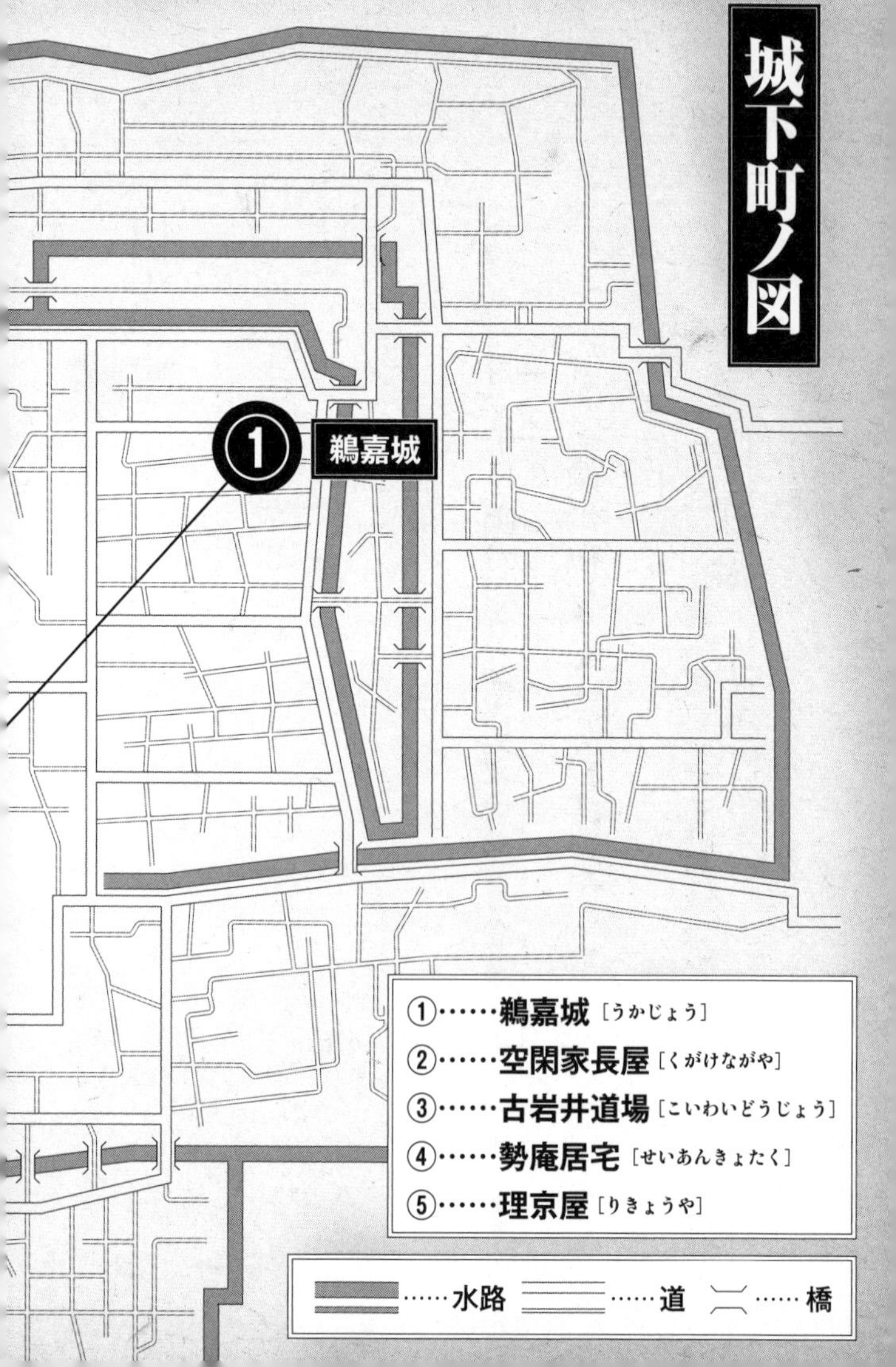
城下町ノ図
①
鵜嘉城
①……鵜嘉城［うかじょう］
②……空閑家長屋［くがけながや］
③……古岩井道場［こいわいどうじょう］
④……勢庵居宅［せいあんきょたく］
⑤……理京屋［りきょうや］
……水路
……道
……橋

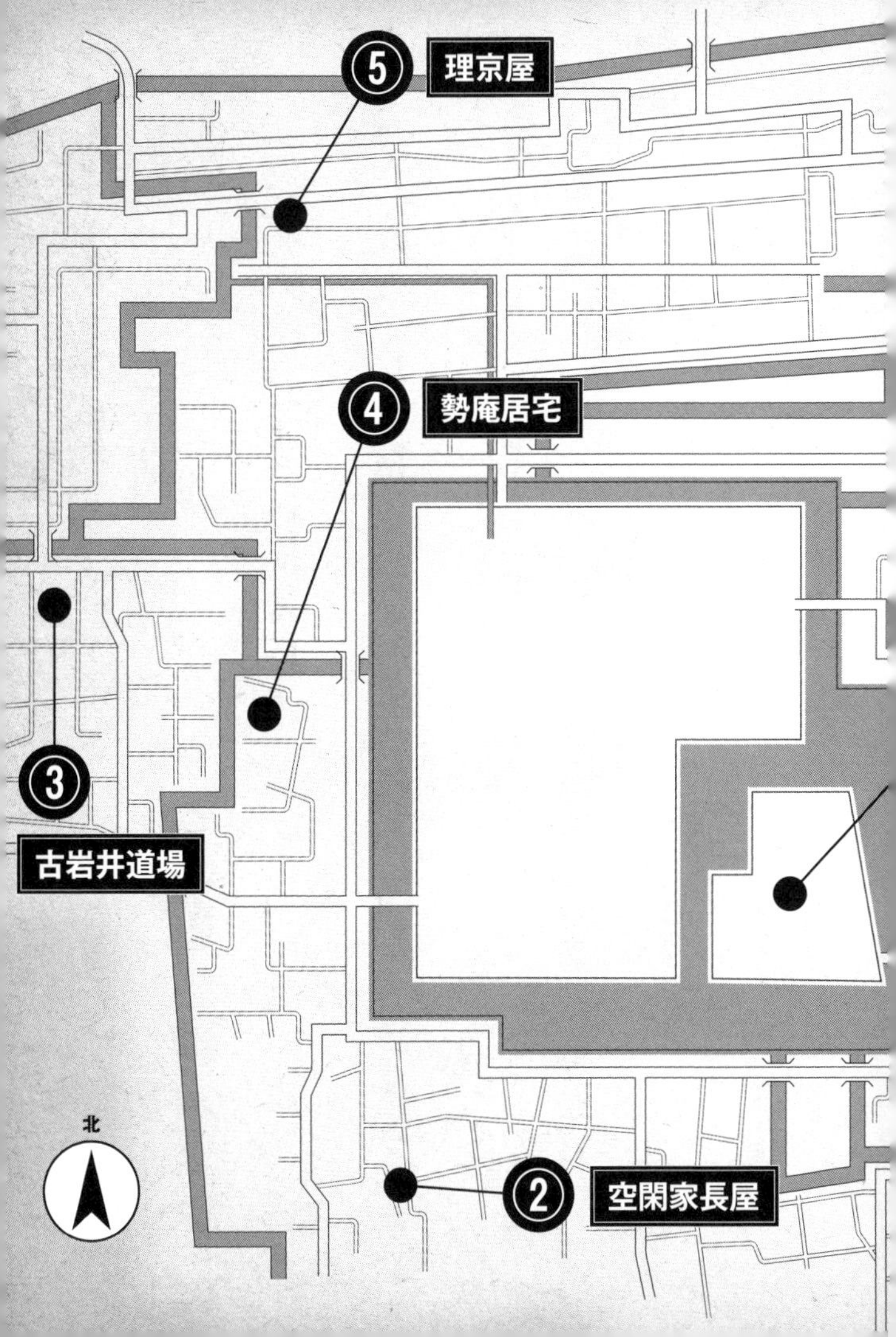
⑤ 理京屋
④ 勢庵居宅
③ 古岩井道場
② 空閑家長屋
北

# 一、あしでまとい

元号も文化に改まり、江戸では町人文化の隆盛が本格化してきたとはいえ、遠く九州の地ではまだまだ旧態依然とした武家中心の社会である。

しかし、武家であるからと安穏としていられるわけでもない。御国替えなどと呼ばれる幕府の命によって、大名は居城を変えねばならぬことさえあった。

大名と家臣団が加わっての大移動。それは時に混乱とも活気とも言える騒動であり、城下にとっては大きな変革のときでもある。

この鵜嘉《うか》藩にあっても状況は同じで、御国替えで主が交代してからというもの、鵜《う》嘉《か》城の北と東は新たな街道や宿場町やらが作られ、さらには藩主と共に入ってきた家臣団の家の普請《ふしん》も進んでいて、なかなかに騒々しい。

それに比して、古い家来衆の家が並ぶ南と西は暗鬱な空気が漂っていた。

前藩主の家来だった者たちのうち、御国替えの同行が叶わなかった連中は、処分こそなくとも、無役になってしまうのではないかという不安な心持ちから逃れられないのだ。

城の南に位置する下級藩士たちが住む長屋。その一室で、薄く冷たい病の床からようやく身体を起こした空閑政頼《くがまさより》が甕《かめ》の水を一啜《ひとすす》りしたところで、戸口の向こうに誰かがやってきたことに気づいた。

戸板の隙間から漏れる光が遮られ、不意に暗くなるのだ。

「何用か。陽一郎《よういちろう》どのならば、まだ城から帰ってきておらぬ」

「わしだ、政頼。些《いささ》か面倒な頼み事があるのだが……中に入っても良いだろうか」

「ああ、鹿嶋か。久しいな」

聞こえてきた声は、若き日に同じ道場で汗を流した同門の男のもの。政頼と同時期に家督を継ぎ、今は城内での御役目に就いている、鹿嶋弥太郎《かしまやたろう》という男のものだった。

政頼がまだ城に詰めている頃は毎日のように顔を合わせていたが、隠居して病に伏せってからは一度見舞いに来ただけだ。それすら一年以上前の話になる。

酒の入った一升樽《いっしょうだる》を見せながら入ってきた鹿嶋の顔は、政頼の記憶しているものよりやや老けて、疲れているかのように影が差していた。ごつごつと角張った顔に大筆で描いたような豪快な眉も、今はすっかり垂れてしまっている。

「しばらく見ぬ間に痩せたな。古岩井道場《こいわいどうじょう》随一の剣士が見る影もない。鋼のようだった身体も、なんとまあ、肋骨が浮いておるぞ」

「入るなり随分な言い草をするものだ。否定はしないが、老けたのも衰えたのもお互い様ではないか。なんだその弛《たる》んだ腹は」

「ははは、どうも御役目で忙しく走り回っていると、稽古からはとんと離れてしまうものでなあ」

鹿嶋が持ち込んだ酒を茶碗に注ぎ入れた政頼だが、唇を軽く湿らせただけで飲み込みはしなかった。病に罹《かか》ってからというもの、どうも酒が美味いと思えない。

差し出された座布団に礼を言い、政頼と向かい合わせに座った鹿嶋は「陽一郎どのが帰る前に、話を済ませておきたい」と早々に本題を切り出した。

「お前に頼みたい仕事がある」

「病んだ老骨に何を言うかと思えば……」

「まず聞いてくれ。一晩中迷ったのだが、やはりこれはお前にしか頼めぬ……師より秘技を受け継いだのは、ただお前一人なのだから」

政頼は眉間の皺をより深くして、顔をしかめた。

鹿嶋が言う〝秘技〟とは、古岩井道場に所属していた数十の門下生の中で、政頼のみが師から伝えられたものであり、師の死後に道場を継いだ現在の道場主すらも知らない暗殺剣だ。それを必要とするとはつまり、依頼は暗殺。

びっしょりと汗をかいた鹿嶋の表情が物語る通り、尋常の話ではない。

「そんな顔をするな政頼。汚れ仕事には違いないが、藩の重鎮からの依頼であるし、金はちゃんと出る」

「お前が言うならそうなのだろう。だが、今のおれは老いて痩せた枯れ木も同然よ」

「それでも、あの技は使えるのだろう？　なあに、藩の害となる男を一人始末するだけで良いのだ」

殺しの話を軽々しく口にする友の姿に、政頼は些《いささ》か驚いた。斯様《かよう》な人物ではなかったはずなのだが、と。

当然、政頼はこれを断るつもりでいたが、普段と違う鹿嶋の様子が気になって話の先を聞くことにした。後から思えばこれがいけなかった。

「新しい藩主と共に来た、藤岡伊織《ふじおかいおり》という人物を知っているか」

「老中の一人だろう。見たことはないが、もちろん知っている」

隠居したとはいえ、藩内部の情報は城に出仕している陽一郎から逐一入ってくる。

娘の婿であり、五年前にその娘が亡くなってからも変わらず政頼を世話してくれている陽一郎には頭が上がらないが、それ以上に自分が彼の人生にとってあしでまといになっているのではないかとの考えが、ここ数年ずっと頭から離れない。

政頼と同格の藩士の次男坊だった陽一郎は、政頼や鹿嶋にとっては剣術道場の弟弟子にあたる。稽古に出ていた期間が違い共に汗を流したことはないが、信頼する師の勧めで娘と引き合わせ、その人柄を政頼も気に入っている。

「陽一郎どのが言っていたが、藤岡は実質的に藩の役目について何やら整理を進めているとかいう話だったな」

「然様《さよう》さ。だが、そのやり方は些《いささ》か強引でな。同じ藩の重鎮から、さらには新しい藩主にもあまり良くは思われておらぬ」

鹿嶋が言うには、藤岡の家は代々筆頭老中を輩出してきた名家であり、藩主といえどこれと言った理由もなく罷免するわけにはいかないらしい。

藩内政治を二分するとまでは言わないが、状況を放置していればいずれ藩の代替わりなど重要な部分で対立を生みかねない、というのは政頼にも理解できた。

「報酬は百両。これだけあれば、陽一郎どのに金を遺し、さらには迷惑をかけることなく自分の始末をつけられるのではないか？」

「嫌なことをはっきりと言いやがる」

文句を言いながらも、図星ではあった。

娘婿の陽一郎に家督を継がせたは良いものの、大した家格《かかく》でもない貧乏藩士でしかない空閑家は、日々の暮らしで精一杯だ。

飯の用意も三日に一度手伝いに来てくれる近所の婆さんが米を炊き、汁を作っておいてくれるのでどうにかなっている。その婆さんへ渡す小遣い程度の礼金はなんとか捻出できるが、医者に行くのも薬を買うのもままならない。

もう一つ懸念がある。亡妻の義父である政頼がいては、陽一郎は新しい嫁を迎えることが難しい。このままでは空閑家が絶えてしまうのだ。

孫がいれば話は違ったのだろうが、これは誰のせいでもない。ただ運の向きが良くなかっただけだと政頼は考えている。

だからこそ、自分がいなくなることが、何よりも空閑家を続けるための妙策であるという思いが彼の頭を離れなかった。

「正式な依頼者は聞くな。当然、話は内密に。……つつがなく事が運べば、陽一郎どのの将来にも良い影響があるだろう」

「……それはつまり、陽一郎どのに良い御役目が回ってくる、と？」

政頼の問いに、鹿嶋は黙り込んだままではあったが、はっきりと頷いた。

互いに視線を交えたまま、老武士は考える。

暗殺は良いことでは決してない。士道に悖《もと》ると言ってしまえば考えるまでもない。

「いずれにせよ、まとまった金があるのとないのでは雲泥の差であろう。お前にはそれを受け取る資格があり、能力がある。折角の機会を無駄にするな」

「機会か」

「そうだ。わしとてお前の……いや、空閑家が続いてほしいと思っている」

このまま待っていても結論は出ないと踏んだのか、返事は明日聞きに来ると鹿嶋は言い残し、証拠代わりに半金のさらに半分、切餅一つ（二十五両）を置いて辞去した。

久しく見なかった大金と共にあばら家に残された政頼は、しばし迷って金を布団の下に隠した。陽一郎に見られては説明が面倒だ。

この時まで、翌日鹿嶋が再訪したら全て聞かなかったことにすると約束して金を返すつもりだった。だが、金が得られれば自分の供養代になるだろうし、何より陽一郎が出世するために身の回りを整え、賄賂として使ってより良い役目に就くことも可能だろうとの思いは捨てきれない。

「金か……さもしいものだが、剣よりも金が強い世の中なのか」

いずれ起きるであろう戦に向けて剣術を鍛えてきたが、長く続く徳川《とくがわ》の世は泰平で、自分が参加できるような戦などついに起きなかった。

挙句、若い頃の無理と酒が心身を蝕み、さらには妻に先立たれ娘も喪《うしな》った。

今や娘婿のあしでまといとなって、若い陽一郎の人生の重荷になってしまっている。

ふと視線を移す。

夕暮れが近いのだろう。気づけば、少しばかり開けたままの引き戸からは薄らと赤みを孕んだ光が入り始めている。

その光を遮るように影が立ったかと思うや否や、がたがたと音を立てて戸が開き、すらりと背の高い青年が姿を見せて、にこりと笑った。娘婿の陽一郎だ。

「ただいま戻りました。義父上《ちちうえ》、お加減は如何でしょう」

「ああ、悪くはない」

良くもないが、それを言う必要はなかった。口にすれば余計に心配をかけてしまうだろうし、政頼はそれを望んでいない。

「たにしの良いのをいただきましたので、味噌汁に入れましょう」

「おお、それは良いな。久しぶりだ」

「すぐに準備いたしますので、少々お待ちくださいね」

陽一郎は刀を置いて手早くたすきをかける。慣れた手さばきでたにしの身を引き出して洗い、手伝いの婆さんが用意した味噌汁の中に放り込んでいく。

薄い味噌汁が温められて匂いが部屋に広がり、政頼は先ほどまでの苦悩が少しばかりほぐれていくように感じた。

飯とたにしの味噌汁、それに二切れの沢庵という夕餉を前に布団の上で座り直した政頼は、独特の香りがするたにし汁を口に含んでみた。

「美味いな」

「口に合って良かった。……おや、酒がありますね。どなたかお見えに？」

「そうさ、古い友人が来た。昔の同門の男だが何やら忙しいようでな、ほんの少しだけ話をしたら、慌ただしく帰っていったよ」

「同門……では、義父上と同じく私の兄弟子というわけですね」

「そうなるな。と言っても面識はなかろうし、腕前も陽一郎のほうが上だろう。あれは大柄で押しの強い風体をしているくせに、どうも気の小さいところがあってな」

話をしながら、政頼は昔を思い出していた。

道場で切磋琢磨していた当時は政頼も負けず劣らずの体躯で、力においても技においても誰かに敗れる気はしなかったものだ。

ふと見た茶碗を持つ手指の、なんと心もとないものか。

自分の身体にまとわりつく死の臭いが日に日に濃くなっているのを感じるのは、何とももどかしい。

「引き換え、陽一郎どのは道場の中でも群を抜いて良い腕をしていると聞いている。たしかそれを聞いたのは、小夜《さよ》からだったな……」

「妻が……では、色目も随分と入っているでしょうね」

「ふ、惚気《のろけ》か」

全盛期の政頼ほどではないものの、陽一郎の身体が充分に鍛えられていることは知っている。亡き娘である小夜の口から聞いたことなのだ、忘れるはずもない。

とはいえ剣の腕が立つからといって出世できる世の中ではないことを、政頼は身をもってわかっていたから、剣の腕など護身できる程度あれば充分だと考えていた。

「丁度良かった」と言って陽一郎は空になった茶碗に酒を半分ほど注ぐと、政頼にも碗を空けるように勧めた。

「祝い酒とさせていただきましょう。というのも、新たな御役目を申し付けられまして。文机から離れることになりますが、扶持は増えます」

「ほう、それは目出度い」

そういうことならば、と政頼は残っていた飯を汁椀に放り込み、空いたところへ酒を二口分だけ注ぐ。

二人は、亡き女性の夫と父という奇妙な間柄である。

陽一郎は政頼にとって義理の親子だが、正式に許可を頂いた空閑家の跡継ぎであり、共に暮らすようになって十年近い。このまま自分の血は絶えるとしても、名を継いでくれた娘婿を素直に祝いたいと思った。

「どのような役目なのだ？」

「それなのですが……」

陽一郎はやや緊張した面持ちで、刀掛けをちらりと見遣る。

「老中の藤岡伊織様の護衛を仰せつかりました。急ではありますが、明日より領内の見分をなさるとのことで、まずは新街道の辺りから始めるそうです。領の案内役も兼ねてのお声がけのようですね」

絶句。

政頼はこれほど奇妙な符合があってたまるものかと内心で運命を呪い、辛うじて顔に平静を張りつけたまま残った酒を飲み干した。

味もしなければ酔う感覚すらない。

「それは……大事な御役目だ。だが、あのようなナマクラでは不安であろう」

「正直に申しますれば……ですが、問題なく御役目をこなせば、職人に砥ぎに出す程度の金子もできましょう」

「刃だけではない。拵《こしら》えもだ。鞘の塗りが見る影もない。飾りのように腰に提げて歩くだけならばまだしも、老中の駕籠の横であのような刀を佩《は》いているのは、どうか」

陽一郎の視線が部屋の隅に置かれた刀へと向いている間に、政頼は布団の下に隠していた切餅の封を切り、五両だけを掴んで陽一郎の前に置いた。

かちり、と金の触れ合う音に振り返った陽一郎は、目を丸くして小判と政頼の顔を交互に見ている。

みっともない様を見せるな、と言いたいところだが、政頼は言葉には出さない。

「こ、このような大金……！」

「もしもの蓄えだ」と嘘をつく。

「日没まで時間がある。あの刀は稽古用にして、多少なりとも斬れるものを急いで買っておいで」

藩主交代で侍の身分を捨てた者や、国を出る際に不要な刀を処分していった者は少なくない。

刀を売って御役目を得る賄賂の原資にするような者がいるのだから、町の商人ならば何振りかの悪くない刀を抱えているだろう、と政頼は言う。

ただ、この金を渡すにあたって条件をつけたいと続けた。

「先代の道場主であったおれの師が、唯一おれだけに伝えてくれた技がある。泰平の世には必要のないものだから、誰にも伝えずにあの世へ抱えていくつもりでいたのだが……」

「義父上……」

「陽一郎。お前に伝授する。おれの最後の仕事だが、受け取ってくれるか」

前金に手をつけた以上、藤岡斬りを請け負ったも同然となった。

これは藤岡を守護する陽一郎と対峙することを意味するのだが、政頼は判断を下したことに今やわずかの迷いも後悔もない。

娘が遺してくれた〝息子〟に全てを伝え、老いさらばえた身体を義理の息子の手柄に差し出すのだ。後金は手に入らないが、それでも五十両は手に入る。陽一郎が将来を作る元手には充分だろう。

逡巡していた陽一郎だが、やにわに椀の酒を空にして頷いた。

「よろしく、お願いいたします」

「よろしい。では明日の夕刻から始めるとしよう。秘技『無明《むみょう》』をお前に伝える」

病の苦しみを忘れたかのように、政頼は晴れやかな顔をしてもう一杯だけ、酒を注いだ。二杯目の酒は、五臓六腑に染み渡る美味さであった。

秘技を陽一郎に伝えると決めたその夜、酔いに任せて眠った政頼は夢を見た。それはもう二十余年も前の記憶であり、彼がまだまだ若く強靭な肉体を誇っていた頃の話だ。

道場に一人呼び出された政頼は、師からある技を伝授された。

老いた脳では靄がかかっていたように忘れかけていた記憶を、そっくり夢で見たのだ。

「空閑、お前にこの技を伝えた意味がわかるか」

「わたしの腕前をお認めいただいたということでしょうか」

「それもあるが……はっきりと伝えておこう。この道場はお前には譲らぬつもりだ」

政頼はその当時、わけがわからなかった。

今でもはっきりと理解しているとは言えないが、もしあの時に道場を譲られていたとしても、経営を続けられていたかと考えると、自信はない。

性格的に多くの人を指導できるような器がなかった、と彼はその出来事から十数年経ってようやく答えのようなものにたどり着いた。

「それではなぜ、秘技をわたしに伝授してくださったのですか」

「これからの道場に、秘技は必要ない。だが技は遺さねばならぬ。そうせねばわしは死ぬに死ねん。道場を継ぐのとは違う、この重荷を背負えるのはお前が適任であろうと思ったのだ」

そうして深々と頭を下げ、「申し訳ない」と唸るような声を響かせた師の姿が、政頼は今の自分に重なっているように思えた。

白髪交じりの頭頂部を呆然と見ているところで目が覚めた。

古い記憶が蘇った政頼は、喉の渇きを覚えて痛む身体を起こし、甕《かめ》の水を乱暴に呷《あお》った。

「ふっ……はぁ」

軽くむせたがもう一口を飲み、人心地ついたところで夢の内容を思い出す。

若かったあの頃。自分の腕を否定されたと感じて師の選択に腹を立てたこともあったが、今となっては道場を継がなかったことは正解だったと思える。

そして、もう誰にも伝えずにおくと決めた秘技を今度は義理の息子に伝えることになった運命に、もしかすると師は何かしら予見していたのではないかとすら考えてしまうのであった。

「たまさか、そんなことは、あるはずもないが。さて、今日からは布団の虫になっているわけにもいかぬ」

師は十年前に没した。

思えば墓参りもろくにしていないと思い出し、なんとも不義理だと感じながら布団を片付け、小判の隠し場所も変えておく。

まだ夢の中にいるらしい陽一郎の寝顔を見て、自分を奮い立たせる。

身体は動く。痛いが、動かせないわけではない。

「起きろ、陽一郎。間もなく陽が昇る」

「え……」

「起きるのだ。これから稽古を始める。目を覚まし、水を飲め」

渇きは敵だと政頼は考えていた。

多少の空腹は頭が冴えるので満腹よりよほど良い。だが、喉の渇きは身体を疲れさせ、思考も動きも鈍らせる。

これは道場での教えではなく、政頼自身が修行の最中に実感したものだ。以降、山へ分け入るなどする場合は、ひょうたんにたっぷりと水を詰めていくようになった。

「起きたな。では、裏へ来なさい」

「は、はい。義父上」

「木刀を持っておいで。本身を使うのは、先の話になる」

言われた通り昨日のうちに新しい刀を手に入れてきた陽一郎は慌ててそれを掴んだが、壁に立てかけられていた古い木刀を握り直した。

「家の裏でよろしいのですか？」

「心配することはない。今日のうちは、秘技を伝えるところまではいかない。それほど簡単なものではない」

「し、失礼いたしました」

どうも陽一郎は表情を隠すことができないようで、がっかりしたという顔を見せた。素直さには好感を持てるが、それが褒められるものではないと政頼は考えている。

二人揃って、長屋の裏へと回る。

そこは建物と小川の間であり、幅一間ほどの空きがある。剣を振るうには狭いが、政頼には充分だった。

「構えなさい」

「はい」

稽古が始まるや否や、陽一郎は先ほどまでの寝ぼけ眼を開いて引き締まった表情へと変わった。

政頼にとっては、懐かしい雰囲気だ。

一切の防具を用いない素面素小手での稽古は昔からあるもので、一歩間違えば大怪我を負う危険なものだ。だからこそ誰もが気を引き締めて向き合う。

身体中に打撲の跡が残るなど、当たり前なのだ。

「まず、陽一郎の腕を見せてもらう。構わないから打ってきなさい」

「ですが……」

「良いから」

声音は優しい。

だが、有無を言わせぬ圧力があった。

今まで陽一郎どの、と呼んでいたのを呼び捨てにしたのもそうだが、今ここにいるのは義理の親子ではなく、師と弟子なのだ。

「では」と陽一郎は左手の甲を耳に添えて八相の構えをとる。

「お願いします」

呼吸は互いに静かで、鼻からゆっくりと吸い、薄く開いた口からこぼれ出すように自然に吐く。肩が動くような激しい呼吸はしない。呼吸に区切りはつけず、吸い込みは気づけば吐き出しに変わっている。

呼吸に拍子をつけないことで、動き出しを悟られない技術だ。

「流石に基本はできているようだ」

「当然です。これでも免許を頂いておりますから」

古岩井道場において、習熟の度合いを認める段階で切紙や皆伝は存在しない。

まず目録があり、次に免許がある。

目録までが長く、また免許までも長い修行が必要となり、多くが実力よりも気力が持たず途中で投げ出すか道場を変えてしまうのだ。

それだけ厳しい道場ではあるが代替わりしながらも存続しているということは、良い道場だということだろう。

「では！」

気合一閃と共に、大上段からの思い切った斬り下ろしが政頼を襲う。

政頼が陽一郎の考えを読むに、彼のほうが半尺ほど背が高い分、切っ先が小手を斬り裂く程度の距離であれば、政頼の剣は届かないと読んでいるのだ。そして、立ち合うのは初めてでも、普段の暮らしから考えれば、筋力も速度も自分のほうが上である。

そう陽一郎は考えている、と。

それは間違いではない。

しかし、その思考通りにはならなかった。

まさに最後の踏み込みと同時に木刀を振り下ろさんとした瞬間には、すでに陽一郎の左目にぴたりと添えるように政頼の切っ先が見えたのだ。

辛うじて動きを止めることはできたが、もし反応できなければ左目を潰されていたかもしれない。

「なんと……」

「ふむ、まっすぐで気持ちの良い打ち込み。反応も悪くない」

「あ、ありがとう、ございます」

礼を言いつつも、陽一郎は自分が何をされたのか理解できていない様子を見せる。

自分の懐に政頼が飛び込み、ひょいと上げられた木刀で止められたことはわかっただろう。しかし、その動きの起こりにまるで気づけなかったし、注意していたはずの木刀の動きにもまるで反応できていない。

視界の外からするりと滑り込んできたかのように、突如として現れた剣戟《けんげき》。もし真剣勝負であったら、陽一郎は死んでいた。

もう一度、と政頼は同じ動きを行うが、やはり陽一郎には見えなかった。

「何が起きているのか……」

「ほら、もう一度打ち込んできなさい。さっきと同じ上段でも袈裟でも何でもかまわないから」

「で、では……」

陽一郎には、もう義父と相対しているという気後れはないようだが、今度は全力でなければ何らの成果もないままに終わってしまうという焦りが出ている。

その焦りが、剣筋に粗さとなって表れた。

「あっ」

左八相で袈裟懸けに打ち込んできた陽一郎の一撃は、虚しく空を切るに終わり、政頼からわき腹を強かに叩かれた。

陽一郎が顔をしかめたのは、痛みゆえか、悔しさゆえか。

「落ち着きなさい。稽古は今日だけではないのだから」

「申し訳ありません。無様を、見せてしまいました」

「ま、良いさ。今日はこれくらいにしておこうか。陽一郎は出仕の刻限があるだろう。おれは勢庵《せいあん》先生のところに顔を出してくる。遅くなるだろうから、夕餉は先に済ませで、苦笑いをこぼした。

「わかりました。お気をつけて」

て良い」

「続きは、また明日」

木刀を渡された陽一郎は、自分がいつの間にか膝を突いていることに気づいたよう

で、苦笑いをこぼした。

膝を二度ほど強く叩いて立ち上がる。

「これが、義父上の剣なのか」

悔しさは憧れの感情へと変わったようで、晴れ晴れとした表情になっていた。

「病んでなおこれほどの腕前……義父上の時代は稽古で大怪我をする者も珍しくな

かったとは聞いていたが、初めて言葉以上に納得できた。しかしこれは、痛いがなか

なか楽しい」

そしてそんな技を継承してくださるのが、何より嬉しい、と呟く。

陽一郎が水をかぶって身体を清めに井戸へ向かった頃、政頼は少しふらつきつつも

するすると足を運んで、西へと続く家来衆の長屋通りを通り抜けていた。

少しばかり息は荒いが、苦しくはない。

死に場所を決めた途端に身体の調子が良くなっているのだから、人間の身体は不思

議なものだと思う。

「年甲斐もなく、滾《たぎ》ったよ」

独りごちる言葉には笑みが混じる。

久方ぶりに腰へ差した打ち刀も、それほど重くは感じない。

長屋が途切れると、小さな恵比須神社がある。

一度参っておこうかと考えたが、人殺しを金で引き受けた自分が神仏を頼るのも罰当たりなことだろうと思い直し、赤鳥居と楼門を通して見える社に一礼だけして足早に通り過ぎた。

そして一軒家が並ぶ街並みへと景色は移り変わる。

高い板塀の屋敷は組頭などが住む家で、長屋に住む平藩士たちをまとめる程度の役付きが住んでいる。

だが、今では半数以上が前藩主と共に転封によって出て行ったので、新たな藩主と共にやってきた家来衆は別の場所に新しい屋敷を作っているらしい。

今までは立ち番がいて、出入りの用人なども多く、それなりに人通りはあった場所なのだが、見る影もないほどにうらぶれていた。

これをさらに進み、田畑が広がる農地にさしかかった辺りに、低い竹塀に囲まれた平屋が見えてくる。

政頼は勝手知ったる様子で、戸すらない門を抜け、薬草と思しきものが植わった畑の間を通り、母屋の戸を叩いた。

ほどなく、一人の髭面の男が現れた。

「何用でしょう」

「勢庵先生に用があって参った。たしかお主は金太《きんた》と言ったな。空閑政頼だが、憶えているかな?」

「ああ、はい。少しお待ちを」

憶えているのかいないのか、よくわからない曖昧な反応を返した金太はすぐに戻ってきて、屋敷の中へ案内してくれた。

通されたのは素朴な八畳間で、小さな引き出しがずらりと並ぶ薬種棚があり、畳の上には乳鉢や薬研《やげん》が乱雑に置かれている。待つ間に、つんと鼻をつく薬の臭いが漂ってきた。

患者のためであろうか。未だ火が入っていない火鉢が、出番がやってくる季節を待ち遠しく思っているかのように、陽射しをきらりと反射する。

廊下の軋みを響かせて勢庵が来るまで、さほどの時間はかからなかった。

「名を聞いてもしやと思ったが、本当に政頼か。どういう風の吹き回しかね」

「勝手ながら……無沙汰しておりました」

「気にはしていないよ。どういうわけだか侍には薬やら医者やらを嫌う者が多くてね。ある日ふっつりと来なくなるなんて、珍しくもなんともない」

皮肉めいた言い方だが、政頼はなんとなく理由はわかる。

病に敗れて死ぬのなら、それはそれで運命だと受け入れてしまう者が多いのだろう。少なくとも、政頼もそうだった。

だが、彼はあと少しだけ生きていなければならない。

「今日はお願いがございまして」

「まず、その話し方をやめてくれないか。同じ道場で鍛えた者同士だろうに。何を遠慮しているのかしらんが、気色が悪いぞ」

「はっは、気色が悪いは、酷い」

政頼が返すと、二人は互いを見て笑った。

すぐに政頼がむせたことで大笑は終わったが、高貴な茶室のようであった室内の空気はふっと和らいだ。

先ほどまでむっつりとした表情であった勢庵も、やや肥えた体躯を揺らして笑っている。

「で、頼みとは?」

「……数日で良いので、この痛みと苦しみを抑えられぬものかと。いや、痛みも苦しみもそのままで構わぬ。身体が言うことを聞いてくれるなら良い」

「……お前のことだ。理由を問うても意味はなかろうな」

「聞かずにおいてくれると、助かる」

勢庵は白いものが交じり始めた頭をべったりと撫で、嘆息しながらのっそりと立ち上がった。

何も言わず薬種棚から迷いなく取り出したのは、小さな三つの包み。

「これは、一種の毒でな」

政頼の前に座り直した勢庵は、盆の上で一つの包みを広げた。

中には白く細やかな粉末が二つまみほど入っており、一見すると上質な粉砂糖にすら見える。

「痛みや苦しみが和らぐ。その分、身体も動かすのが楽になるだろう。感覚はやや鈍くなるが……」

「効果は、何日」

「そこまでは保たぬ。二刻か三刻。一度使えば、まる一晩は使えぬ。一包以上を一度に飲むなよ。死ぬぞ」

政頼は懐から小判を五枚取り出して畳に置いた。

「足りるか？」

「金はいらぬよ。それより、三日に一度はここに来て、碁の相手をしてくれんか。妻も金太も、碁を憶えてくれんのだ」

「それで、良いのか？」

「もう一つ。近いうちに湯治へ出ようと思っていてな。どうせお前も隠居して暇だろう、付き合え。どこから出たのか知らんが、金はあるようだからな」

一つ目の条件は呑める。一度か二度だけになるだろうが。

だが、湯治には行けない。数日のうちには藤岡伊織の領内見分があるだろうし、その日に政頼は死ぬのだ。

政頼は差し出した金を懐に戻し、薬の包みを受け取る。地獄へ行くだけでなく、舌も抜かれてしまうなと内心で笑いながら。

「では……」

口をへの字に曲げて財布の中へと押し込んだ。

「そう急ぐ必要もないだろう。最近は患者も少ないし、そこそこの患者なら任せて良い程度には息子も育ってな、暇なのだ」

「それは、良かった」

早速碁に付き合えと言い出し、夕餉も出してやるからと笑う勢庵には敵わず、政頼は浮かせた腰を落ち着かせて碁敵のわがままに付き合うことにした。


「心は決まったか?」

「ああ、もちろん」

鹿嶋が再び訪ねてきたとき、政頼は自宅へ戻ってきたばかりで、陽一郎もすでに城から戻ってきていた。

そこで政頼は鹿嶋を伴って家から出て、近くの河原へとやってきた。

陽はすっかりと傾いてしまい、そろそろ灯りの用意が必要になりそうな刻限にさしかかっている。

「仕事は受ける。今日も陽一郎どのを相手に軽く身体を動かしてみたのだが、仕事をやるに問題はなさそうだ」

「おお、そうか……ありがたい。ありがたいが、本当に良いのか」

「お前が持ち込んだ仕事であろう」

妙なことを、と顔を上げた政頼からは影になって鹿嶋の表情は見えなかったが、おそらくは喜びと申し訳なさで珍妙な顔つきになっているのだろう。

それを目にしたら笑ってしまっただろうから、むしろ見えなくて良かった。

「だが、一つ条件をつけたい」

「わしにできることなら、なんでも聞こう」

「手伝え」

「なんと……」

あからさまに狼狽《うろた》え始めた鹿嶋を落ち着かせ、政頼は「藤岡伊織斬りそのものを手伝えなどとは言っておらぬ」となだめた。

それで少しは安心したのか、鹿嶋は改めて周囲を見回す。

この辺りには時折夜鷹も現れるのだが、今では客になる侍もいないためか、商売女どころか猫一匹見当たらない。

「決行場所は未だわからぬが、事をやり遂げたのちに、しばらく身を隠す。その手伝いをしろ。そうだな……病を癒やすため、湯治に出かけたことにしよう。お主は藩外へ出るまでの付き添いをして、しかと見送ったとしておけ」

「な、なるほど。お主の無実を証明する役割というわけだな。わかった。それくらいならば問題はあるまい」

「隠居の身だが、念のためお主から藩に届出だけはしておいてくれ」

藩からの手形があれば、旅の途上でも便利であろうと鹿嶋は準備を引き受けた。

出立したのは事件の直前ということにしておくと取り決め、二人は互いの鍔を打ち合わせて小さく鳴り響かせる金打にて、侍の約束とした。

武士としてはごく普通の光景だが、仰々しいことだとも思える。

ましてや非合法な暗殺を行う、それも隠居した自分がやるとなると、どうもままごとにしか見えぬと政頼は嗤《わら》ってしまう。

「一つ、伝えておきたいことがある」

鹿嶋はいっそう声音を絞る。

「そろそろ藤岡伊織が動くとの話だが、どうやら護衛として腕の立つ藩士を探しているらしい。一人、誰かはわからぬが腕の立つ若者を見つけたようだが、他にも誰かいるかもしれぬ」

「居残り組から、か」

「然様《さよう》」

居残り組とは、前藩主の転封に付き合わなかった、あるいは自らの意志にかかわらず同行が叶わなかった、藩に残った者たち。つまりはこの鹿嶋や陽一郎などがあたるが、彼らを居残り組と呼ぶのはここ最近定着したことらしい。

言い出したのは『新参者』たちらしいが、そのまま受け入れてしまうあたりに居残り組の反発心のなさが窺える。

居残り組としても、新しい藩主と敵対したいわけではないのだ。ただ、新参者たちとの軋轢は大小さまざまな場所で見え隠れする。

その最たるものが藤岡暗殺計画なのだが、渦中にいるのが隠居した自分であるとは。さらに言えば、鹿嶋が耳にした腕の立つ若者とは陽一郎のことであろう。

雄藩と言えぬが決して泡沫の小藩というわけでもなかったはずだが、なんとも人材の少なさが目立つ。

藩内のいざこざよりも、そのほうに危機感を覚えるべきではないか。

「護衛の人数は多くなるのか？」

「いや、一人か二人。多くても三人といったところだろう。仰々しい守役《もりやく》など連れて歩けば、藩内に敵が多いと喧伝しているようなものだ。他の老中や藩主の手前もある」

「で、あれば問題はない」

馬上か駕籠かは不明だが、見分を兼ねて藩内を見て回るという目的を堂々示すつもりならば、使うのは馬だろう。

馬上に藤岡、その左右に一人ずつ。多ければ前にもう一人と考えるならば、まっすぐ藤岡を狙う際、邪魔になるのは一人か二人。馬の向こう側の人物がこちらへ回ってくる間に事を済ませれば良い。

他の襲撃者を警戒して、正面以外の護衛は動かない可能性もある。そうなれば政頼には有利だ。

「大した自信だが……」

「腕前を買って依頼したのは鹿嶋のほうだろうに」

「それは、そうだが」

「ならば安心して任せておけ」

自分が持ち込んだ話に怯える鹿嶋の様子は、政頼にとっては懐かしいものだった。

道場で共に汗を流していた頃、最後まで木刀での打ち合いに怯えていたのは鹿嶋だった。

あれを怯懦《きょうだ》と嘲笑っていた若い頃が懐かしい。この歳になって考えれば、危険に敏感であるのは生きる能力なのだ。

それが証拠に、同門の者たちの中で鹿嶋は頭抜けて出世した。

「おっと、大事なことを忘れていた」と政頼は鹿嶋にもう一つ必要なことがあると続けた。

「藤岡伊織の顔を見ておきたいのだが、機会はあるか」

「む、なるほどな……」

斬ったは良いが人違い、では済まされない。

老中職であれば城内に詰めていることが多く、今は新居の建築中であり城内の客間に寝泊まりしているらしき藤岡伊織の顔を確認する術が、政頼には思い浮かばなかった。

似顔を描いてもらうことも考えたが、それで判別がつくほど顔に特徴があれば良いのだが、そう都合良くはいくまい。

「お前ならば、藤岡の顔を見たことはあるだろう？」

「あるが、これこれこういう顔だ、と口で説明するには些《いささ》か難しいな。年齢は四十前で男盛りのふうだが、やや太りすぎてはいるな」

「であれば、年の頃以外はお主とさして変わらんな」

笑えぬ冗談だと鹿嶋は鼻を鳴らして考え込む。

水辺の風に涼しさよりも寒さを感じる時候、陽が落ち始めて西風がさらさらと水面を揺らして、どこからか流れてきた葉を運んでいく。

冬は近い。

その訪れを自分は見ることが叶うだろうか。その寒さに耐えられるだろうか。政頼は身体の痛みに大きく息を吸い込んだ。

「もしかすると、藤岡の顔を見るのは難しくないかもしれぬ」

「城に行かずとも良いのか」

「然様《さよう》。わしが自分で確認した話ではないが、それでも信憑性の高い話がある」

曰く、藤岡は以前の領地から家族を連れてここへ来ており、自身は城に留まっているものの家族は城下の宿に長逗留している状態だという。

細君と息子がおり、二人とも宿からあまり出ることはないのだが、時折藤岡と共に食事へ出かけることがあるらしい。

「二勤一休を崩さぬ男だから、早ければ明日だろう。人通りがある街中であるゆえ見つけてすぐに襲撃というわけにもいくまいが、宿を張っておけば遠目に姿かたちを見ておくくらいは問題なかろう」

「なるほど、な」

「宿は登龍《とうりゅう》旅館。知っているだろう」

「入ったことはないが、わかる」

およそ城下町にあって格の高い宿と言えば片手で足る程度なので、旅館の名前を聞けば詳しい場所もすぐにわかる。

一泊で政頼が現役であった頃の扶持が半分近く飛んでいくような金額であるから、縁のない大店《おおだな》だ。

「しかし、そのように家族を慮っているような男、本当に殺すべき人物なのか」

「政頼の疑念もわかる。だが、人として優しいか否かは藩政とは関係ない、と考えるべきであろう。藩の将来に奴が邪魔なのだ」

鹿嶋の声音は上ずっており、早口になっている。

言葉の上では政頼を説得しているふうだが、その実自分自身をも納得させようと懸命になっているようだ。

小心者が藩の正義を拠り所にして虚勢を張っている。

「言い分はわかっている。というより、あまりおれには関係のない話だ。これで藩が安定し、陽一郎どのの将来が開けるのであれば是非もない。良き夫、良き父親でも犠牲になってもらう他なかろう」

ひるがえって、自分はどうだろうか。

良き父親でも良き夫でもなかった、と政頼は自分の人生を振り返るたびに赤面してしまう。

父の勧めで結婚した妻、お妙《たえ》には精一杯優しくしたつもりだが、空いた時間があれば刀を握って鍛錬にひたすら打ち込んだ。小夜が生まれたときは嬉しかった。それは間違いないのに、子育てをしたような記憶はない。

「死して残念と思ってくれる家族がいるだけましだ」

「政頼……」

「念を押すが、陽一郎どののことは頼む」

「約束する。お前に万一があっても空閑家に影響がないよう手配りする。だが、もしもしくじったならば……」

わかっている、と政頼は頷いた。

「顔でも焼いて、どこの誰ともわからぬ浪人として打ち捨ててくれて良い。その時、空閑政頼は湯治へ向かう先で行方知れず、だな」

「すまぬ……」

「今さら、言うな。全て納得ずくのこと。さ、瘦せ侍に川辺はこたえる。そろそろ解散するとしよう」

　疲れた足を引きずるように帰り着いた政頼は、話しすぎて枯れた喉を潤してから、さっさと眠ってしまった。

　翌朝、夜明け前に目を覚ましたとき、すでに陽一郎は起きていて、昨日と同じ場所で木刀を振るっていた。

「早いな」

「おはようございます。お恥ずかしながら、昨日初めて義父上の技を見せていただいてから、どうも身体が落ち着きませんで」

「ふっ、ならばすぐにでも始めるとしよう」

　再びの対峙。

　今は互いに正眼の構えをとり、丹田から木刀を通して切っ先を相手の左目へぴたりと狙いをつける。道場の入門時、つまり最初に教わる基本の構えであり、全ての動きの起点となる。

「当てぬから、安心しておれの動きを見ていなさい」

「わかりました」

陽一郎の言葉が終わるときには、もう切っ先が顎の先へと触れていた。

驚愕の隙もないまま、気づけば政頼は元の位置にいる。

「見えたか」

「いえ……」

「では、もう一度」

目を見開き、落ち着いて目で追えば何のことはない、政頼はただまっすぐに進み出て半身になることで相手の木刀を避け、するりと木刀を滑り込ませているだけだった。

なぜこれを見落としたのか、陽一郎は自分でもわからない。

「今度は、見えました」

「だろうな」

「ですが、どうしてさっきは……」

「言葉で説明などせぬよ。さ、また構えて」

政頼の動きは、陽一郎からすればやはり速くはない。

無駄のない動きなのはわかるし、刀の扱いには一切の迷いがなく、まるで最初からそうなる決まりであるかのように、首筋、水月、内腿へと木刀を触れさせる。

一通り見せた政頼は、今度は避けてみろと言ったのだが、これが奇妙なもので、わかっていても陽一郎はなかなか避けられなかった。

「こんな技、教わったことがありません」

「だろうよ」

「……これが、秘技なのでしょうな」

「いや、秘技を使うための土台に過ぎぬ。だが、これが理解できなければ使えぬ」

疲れたから今日はこれで終わりだ、と政頼は木刀を下げた。

構えたまま考え込んでいた陽一郎も、一瞬遅れて急ぎ木刀を下げ、一礼する。

「失礼して、私はこれから道場へ行きたいと思います。今見せていただいたことを稽古しておきたいのですが……」

「同門の連中に見られることを気にしているなら、いらぬ心配よ。もしやすると道場主には気づかれるかもしれんが、他の連中には単なる踊りにしか見えんよ」

では、と朝飯も摂らずに駆け去った陽一郎を見送った政頼は、その場に座り込んでしまった。

浅い呼吸にあえいで唾を吐き、肩をがっくりと落として目を瞑る。

酸素が足らずにぐらぐらと眩暈《めまい》がするのをどうにか耐え、ようやく目を見開いたときには視界が揺れていた。

「む……」

ふと、勢庵から譲られた薬に手を伸ばしかけるが、この程度のことで薬に頼っていては襲撃の前に使い切ってしまう。

這うように家へと戻り、水がめにしがみついて乱暴に水を飲むと、多少は楽になった。

「ふぅ、ふぅ」

土間から這い上がり、板張りの上で正座をすると、政頼は座禅の如く手を重ねた。ゆっくりと、しかしたっぷりと鼻から息を吸い込み、薄く開いた口から静かに吐き出す。

時折咳込みながらも、繰り返していくことで身体と心が落ち着いてくる。

若い頃に形ばかり教わった呼吸法だが、歳を重ねるごとに有用だと感じるようになっていた。昔は息が上がったのを急ぎ落ち着かせたいときだけだったが、最近では日に何度も使うことがある。

「おれは剣に生きてきたつもりだったが、いつ間にやら、剣でどうにか生きながらえている」

まるで妖怪ではないか。

だが、自分が人ではないと思えば、暗殺の任も多少は気が楽になる。

「……行くか」

釜に残っていた飯を湯漬けにして腹を満たした政頼はのっそりと立ち上がり、菅笠を手にして家を出た。

標的の姿を確認するのだ。

## 二、剣友

何か月ぶりかに訪れた城下の街並みは、政頼の記憶よりも小綺麗になっていた。城の南西に広がる居残り組家来衆の長屋周りとは違い、こちらは人通りが多い。のんびりと半刻かけて歩いてきた政頼には些《いささ》か騒々しいと感じるほどだ。

町方や評定所の下役連中が詰める番所も真新しくなり、見知った顔もちらほらと見えるが、全体的に若くなっているようにも思える。

「代替わり、か」

まさか下級武士まで大挙して連れてきたわけでもないはずで、おそらくは居残り組の跡継ぎ息子たちか。藩主の交代に際して前藩主に義理立てのつもりで当主が隠居し、代替わりした家も多いのだろう。

政頼は前藩主の時代に隠居しているので、そういうごたごたには巻き込まれずに済んだのだが、そのせいで陽一郎が時流に乗り遅れた感は否めない。

「不器用なのは、婿どのも同じか」

そんなことを考えているうちに目的の場所へたどり着く。

間口が大きく開かれ、土間が見える普通の旅籠《はたご》と違い、立派な門構えに手入れが行き届いた庭がある登龍旅館は、一見すると料亭のようにも見える。

誰ぞが書いた読みにくい揮毫《きごう》の看板があってようやく旅館だとわかるのは、政頼の無教養さゆえか。

「中に入るわけにもいかんな」

時間だけはたっぷりある。

少し離れてはいるが、どうにか旅館の門を見張れる場所に一膳めし屋を見つけた。表の床几《しょうぎ》に腰かけて、茶と適当な団子か饅頭があるかを尋ねる。

年老いた店の婆さんは愛想も何もあったものではないが、黙って奥に引っ込んだかと思うと、熱い茶と握り飯を二つ、皿にのせて持ってきた。

「ふ……そうさな、ここはめし屋だものな。これが正しい」

金を払った政頼は、ゆっくりと茶を飲みながら往来の人々を眺めていた。ちらりちらりと視線を旅館に移してはいるが、決して凝視はしない。

半刻ほど見ているうちに、先ほどからの違和感がどこから来ているのか気づいた。

通っている人々の顔つきだ。

政頼が登城していた頃とは違い、人々の顔に生気がある。

「藩主交代は、商売っ気のある連中にとっては好機に見えるわけか。新しく来た連中も、人気取りのつもりで金を使っているんだろうな」

不景気なのは居残り組の家来衆ばかりというわけだ。

商売人たちも、相手をするなら金を持っている連中が優先になるのは当然だろう。わずかな扶持からちまちまと金を使う連中に比べて、支度金を渡された新参者たちのほうが良い客なのは間違いない。

ある意味では侍より商売人たちのほうが強靭なのかもしれない。

「あれ、か」

塩だけで味付けされた具のない握り飯を二つとも平らげ、一切れだけ添えられた沢庵を齧っている間に、藤岡と思しき人物が現れた。

旅館の前に止まった駕籠から、肥えた身体が出てきたのだが、その風体は鹿嶋が言っていた通りだ。着ている物も武家のそれであり、仕立ても良い。

駕籠かきたちは金を受け取ると何度も頭を下げて早々に旅館を離れていく。

顔を見た。

これといった傷はない。やや鷲鼻ではあるが、一目見てわかる特徴などはない。丁寧に剃り上げた月代《さかやき》に、つやつやと光沢のある整った髷がのっている。育ちの良い、荒事には縁がない武士だ。

剣術道場で生傷を作りながら腕を磨いてきた政頼とは違う。彼の周りにはいなかった種類の侍だ。

「泰平の世にあっては、どちらが本当の武士の姿か」

刀を振り回す野蛮な連中と、手練手管で政治を動かす者たち。

時代遅れはどちらなのかは明白だと政頼はわかっている。ゆえに、自分が長々とここにいる必要はない。陽一郎たち次代へと場所を譲らねばならぬのだ。

多少は生きた証《あかし》を残しておきたいと思うのはわがままだろうか。

藤岡が旅館へ入っていくのを見届けてから、政頼は店の老婆に短く礼を言ってのっそりと立ち上がる。

腰の一刀を確かめるように握り、しばらくは城下の賑わいを目に焼きつけるように歩き回ったが、ふと思い立って八幡《はちまん》神社がある方向へと向かった。

城の北方へ。

城を囲む堀をぐるりと迂回して新しく作られている街道の近くに、一軒の道場がある。

「ここは、変わらんな」

たどり着いたのは、政頼が若い頃に切磋琢磨した場所。そして今は陽一郎が懸命に腕を磨いている剣術道場であった。

元は地主が持っていた建物を譲り受けて改装した道場で、もう五十年は経っている。門下生たちが少しずつ補修していて、見た目は不格好だが雨風を避けて木刀で向き合う場所としては問題ない。

身体中に痣を作って、時には叫び、時には歯ぎしりをしながら、いつか命がけで戦う日が来ることを信じて、鍛えていた。

「嫌な思い出もあるが……懐かしい」

恋の記憶もある。

つまらないことで友人と喧嘩したことも、友を守るために白刃を振るったことも。

風通しのため常に開け放したままの格子戸から中を覗き込むと、昔を思い出すような光景が広がっていた。

高い天井に板張りの床。三十坪の広い道場内は、汗と男の臭いでむせかえるようだ。

甲高い掛け声や、痛みに耐える低い声に、木刀同士がガシガシとぶつかり合う乱暴な響きと力強い踏み込みの足音が入り混じる。

「もっと身体全体でぶつかれ！　怯えて距離をとれば不利になるだけだ！」

「相手から目を逸らすな！」

などと指導者や先輩たちからの叱咤が飛ぶのも、変わらない。

数十年前には、この中に政頼がいたのだ。鹿嶋も、まだ武家の次男坊という身分であった勢庵も。

友人たちがまだ若かった頃の相貌を思い出しながら稽古を見ていた政頼は、今を生きる若者たちの中に、陽一郎の姿を見つけた。

彼と相対しているのは、がっしりとした体躯の青年である。頬骨の張った四角い顔つきに、らんらんと光る大きな目をしている。

どこかで見たような顔だと記憶を探ると、なるほど鹿嶋の息子だ。鹿嶋よりも細君に似ているので、思い出すのに時間がかかった。確か父親と一字違いで弥四郎《やしろう》なる名前であったはず。

二人の腕前は拮抗しているようだが、踏み込みの思い切りの良さは陽一郎が上で、ここぞという時には半歩早く打ち込みが届いている。

今朝のことが影響しているのかどうかわからないが、陽一郎には相手がよく見えているらしい。若いと言うのは新しい技を真綿のように吸い取ってしまうものか。

「鋭《えい》っ！」

「応《おう》！」

と威勢の良い声をかけ合いながら、二合、三合と木刀を打ち合わせる。

弥四郎が鋭く攻め、それを陽一郎が器用に捌くような動きが続いている。もしやすると、あえてそうすることで弥四郎の動きを観察する稽古にしているのかもしれない。

「今日は随分と大人しい」

言いながら、弥四郎は息を弾ませて相手の木刀を上から厳しく叩く。

これをひょいと受け流しながら、陽一郎も楽しげにしていた。

「攻めるばかりが剣術ではない……などと、偉そうに言いたいところだが、これはこれで我慢させられる！」

「はは、お前の性格では、やきもきするだろうなぁ」

今度は陽一郎が攻勢へと転じる。

打ち合う同士ながら、息が合っている。いや、互いの力量が近いのであろう。陽一郎の打ち込みは鋭く、力強い。決して手を抜いているわけではない。

しかし弥四郎のほうも、これを丁寧にいなしてゆく。彼も目が良いのだろう。一手一手、木刀の動きに無駄がない。

攻守を交代しながら続く二人の稽古は、激しい音を立てつつも軽快で、二人の息が合っているのが傍から見ていてよくわかる。

「見えた！」

「あっ！」

手元でくるりと木刀を回転させた陽一郎が、気合と共に押し込むように小手を打つ。

直接叩かれることはどうにか避けたものの、弥四郎は鍔元を強かに打ち据えられて木刀を手放してしまった。

床板を木刀が跳ねて、乾いた音が響いた。

「参った、参った。これほどきつく打たれては、たまらん」

「いやはや、弥四郎もよく見ているもんだ。小手を打ったつもりが避けられた」

互いにあれこれと動きを反省し、指摘し合いながら汗を拭い、笑い合う。

朗らかで、爽やかで、政頼には何より眩しく見えた。自分たちがいつか通り過ぎた研鑽の日々が、この時代にもまだ、ここにある。

再び幾度かの打ち合いの後、二人は休憩となって他の門下生たちに場所を譲った。

「喉、渇いていませんか？」

縁側に出た陽一郎たちに、手桶ごと水を渡した女性がいる。

年の頃は二十かどうかの見た目だが、誰かの女房というよりうぶな少女の雰囲気が強かった。

二人は手ぬぐいで乱暴に汗を拭きながら礼を言って受け取ると、喉を鳴らして半分ほどを飲み、残りは頭からびしゃりとかぶった。

「ああもう、乱暴なんだから。こっちまで水がかかっちゃいましたよ」

「いや、これはすまぬ」

そう言いながら、三人とも笑っている。

よくよく見れば、陽一郎とその少女の視線が頻繁に交差しており、鹿嶋の息子はそれを微笑ましく眺めているといった様子だった。

気づいた政頼は一瞬、娘婿の浮気現場を見たような気持ちになったが、すぐにそういうわけではない、と思い直した。

「これで良い。小夜が死んでからこっち、陽一郎には浮いた話などなかったが、なかなかどうして、ちゃんとやっているではないか。水臭い……いや、そんな話、おれにできようはずもない、な」

亡き妻の父を相手に、想い人がいるなどと話す男がいるだろうか。

政頼はいよいよ自分の存在が陽一郎にとって触れるのも厄介なつっかえ棒であることに頭を抱えた。

「死ぬ前に、やっておかねばならぬことが増えたな」

お節介であるのは百も承知ながら、政頼は暗殺決行までの間に少女について調べ、陽一郎と彼女の気持ちさえ同じならば、一緒になってもらう段取りを組む気になっていた。

政頼自身の願いである空閑家の存続のためにも必要なことだ。

「では、私はお使いがありますから」

「ありがとう、お琴《こと》さん」

顔を見合わせて頬を染める二人の姿を見て、鹿嶋の息子はやれやれと嘆息しているのだが、政頼も同じような顔をしている。

若造どもめ、腹いっぱい稽古をして、思うさま恋をしているではないか。

自分の若い頃よりも浮ついているような気もするが、そこはそれ、当世のふうがそうだというならそれで良い。少なくとも、若い頃の政頼のように、悪い年増に引っかかるよりよほど良い。

「陽一郎が帰ってきたら、お琴とやらについて聞いてみよう。あの生真面目な婿どののことだ、おれを気遣って指一本触れてもいまい」

一足先に帰るとしよう、と無音のまま道場を離れた瞬間だった。

視界の端を件のお琴が道場から出てきて通り過ぎた直後、背中をぞわりと逆撫でするような気色の悪い空気を感じ取った。

その感触を、政頼は数十年前に一度味わったことがある。

忌まわしい記憶であり、道場を見たときに思い出しかけて押し戻した経験だ。

「あの男……尋常の者ではないな」

異様な雰囲気を発しているのは、一人の浪人体の男。

先ほどまでは存在を感じなかったのが、今では痩せた見た目以上に大きく、真昼間なのにまとっている空気がどす黒く染まっているかのように目立つ。

周囲を歩く者たちはこれといった視線は向けていないのがほとんどで、危険な雰囲気を感じ取った者は距離を置いて横目で見ている。

「これはいかん」

政頼は男がお琴を追っていることに気づき、疲れた膝に気合を入れて後を追う。

若いお琴の足取りは軽く、それを追う男は一歩一歩が正確無比に同じ幅を保ち、また足音もほとんど聞こえない。

黒くくすんだ着物に汚れた袴をつけ、腰にはやや長めの刀を一振りだけ佩《は》いている。

よく陽に焼けた腕は細くとも硬く引き締まっており、政頼の見立てでは剣術はかなり強い。

どんどんと進んでいく二人を追う。

城下町を過ぎ、周囲の人もまばらになったこの辺りは、政頼が通ってきた場所とはまた違い、町人たちが住む長屋が集まる地域へと向かう中間地点になる。

周囲は竹林や寺が並び、耳を澄ませば読経や鐘の音が聞こえてくるほどの静かな通りである。

不意に、男がお琴との距離を詰め始めた。

「もし、そこの浪人さん」

お琴が襲われてからでは遅いと判断した政頼は、これが機であると判断して声をかけた。

瞬時に距離をとって腰の刀に手をかけるまでの男の動きは、慣れたものだ。

決して政頼は感心しているわけではない。戦場と縁遠いものになった侍ならばこうまで俊敏に反応できようはずもないからだ。

つまるところ、この男は不意に声をかけられて、斬り合いになる可能性を想定していることになる。

「猿のように俊敏だのう。……お前、今何をしようとしていた」

「誰かと思えば、どこぞの老いぼれか。足音も聞こえず気配もしなかったが、死にかけて命が消えかかっているゆえと思えば納得できる」

「そう言いながら、刀から手を離さぬのはなぜだ」

ちらりと窺うと、お琴は気づかぬまま歩みを進めていたようで、随分と遠くまで離れている。

ひとまず危機は脱したと判断して良いだろう。

代わりに、政頼のほうが危険に首を突っ込んでしまったわけだが。

「大方、どこぞで人を斬って逃げてきた口であろう。復讐されるのが怖くて、怯え切っているのか」

「人斬りは否定せん……だが、問題はお前だ。老いぼれだが、どうも危険な臭いが芬々《ふんぷん》と漂ってくる。俺を殺しに来た刺客ではないようだが、殺しておいたほうが良さそうだ」

浪人は刀を抜いた。

そして即座に踏み込んで斬るつもりでいたようだが、かすかに足を浮かせただけで終わる。

浪人の抜刀に半拍子だけずらして政頼が抜刀し、切っ先を向けていたからだ。

不意打ちを潰す完璧な動き。試合ではない、誰かが声をかけてから始まるわけではない命の取り合いに慣れた動きだ。

「お前も殺し屋か」

「……金を受け取って人を殺す商売、か。実物を見たことはないが、まあ似たようなものになってしまった」

木刀を使い他流試合を行うことは珍しくない。

城での御前試合もあれば、交流として他道場から出稽古に訪れたり、逆に他流の道場へ胸を借りに出向いたりすることもある。知らない技や考え方、身体の動きなどを学ぶ貴重な機会である。

しかし、真剣での斬り合いはそう悠長なことを言っていられない。

知らない技だから対応できなかった、では済まない。

「浪人さん、あんたの名は」

「言うわけがないだろう」

会話はしているが、やっていることは互いの隙を窺う行為。あるいは隙を作り出す、そして隙を見せて誘う。

踏み込む機会は。狙うべきは。頭を狙ってくるか小手を打ちにくるか。脛を狙う技法を使う流派もある。

政頼は右手で刀を突き出して半身に構えたまま。浪人者は正眼に構えて動かない。

腕一本で真剣を差し出す格好は些《いささ》か辛いものがあるが、うかつに動けない。

政頼の刀は二尺三寸五分。対して浪人者の刀は政頼の見立てでは二尺六寸はある。

大きな差だ。これを同じ正眼で打ち付けあったとして、政頼の今の膂力では対抗し得ない。

ゆえに、政頼は一撃必殺ではなく相手に対応して手傷を負わせることを選んだ。

打ち込んできた瞬間、その指の一本も落としてしまえば戦意を失うだろうと踏んで。

「……ふ、ふふふ……」

突然、浪人が肩を揺らして笑い始めた。削がれたような頬に一文字の傷があり、唇の片方を上げて笑うと傷が歪んで見えるのだが、それが一層異様な笑顔を作っている。

そうして、じりじりと円を描くように横へと移動しながら浪人は政頼から距離をとった。

三間ほどの距離ができたところで浪人は刀を納め、大きく息を吐いた。

「ふん、今日はやめておく。大金を得られる仕事の前に柔い肉を軽く斬っておくつもりだったが、どうやら今日は巡り合わせが良くないらしい」

「誰を狙っている？」

「襤褸《ぼろ》を着た貧乏武士には関係のない話だ。追ってくるなら、今度こそ斬る。そしてあの娘を追いかけて殺す。それが嫌ならば、俺の姿が見えなくなるまでここで呆けていろ」

踵《きびす》を返し、お琴が向かった先とは別の方角へと走り始めた浪人の背中が視界から消えるまで待ち、斬り合いの緊張から解放された政頼は丁寧に納刀し、肩を押さえた。

「久方ぶりに町へ来てみれば、なんとも面倒なことよ……」

どうやら、死ぬまでに片付けねばならぬことは、政頼が当初考えていたよりも多く、煩雑であるらしい。


「湯治ですか、それは良い考えだと思います。勢庵先生も同行されるのであれば、なおさら心強い」

「折角の湯治だというのに、医者に延々とついてこられるのはぞっとしないが、友連れだと考えれば少しは気楽だな」

「義父上、家はこの陽一郎がしっかりと守りますので、どうぞゆっくりと身体を癒やしてきてください」

道場で稽古をした日の陽一郎はいつも明るい。

憑き物が落ちたと言うのは大げさだが、政頼の体調を気遣い生真面目に家事をこなしている普段の日に比べると、別人のように舌が回る。

これを政頼は若さだと思っているし、決して悪いことだとは思わない。友と剣の道を歩むことの尊さを、理屈ではなく心で楽しんでいるのだから。

それがわかる政頼だから、つられて悪戯《いたずら》心が出るのも致し方ないことだった。

「今日は体調が良くてな。少し歩いて久しぶりに道場を覗いてみたのだ」

「もしや、私の稽古も見られていたのですか」

「ああ、あの鹿嶋の息子もなかなかの腕だとは思うが、陽一郎に比べると少し思い切りが足りぬようだ」

「お声がけくだされば、中に案内いたしましたのに……先生もきっと喜びますよ」

「さ、それはどうかな」

今の道場主は政頼から見て後輩にあたる。

剣の腕は充分であるが、何より人のことをよく見ており、常に門下生たちの仲裁役になっていたような穏やかな人物だった。

道場主になってしばらくは先輩方に相談を持ちかけていたが、ここ二十年はこれといった話を聞かないあたり、立場に慣れて落ち着いたのだろうと政頼は思っている。

「先輩面した老人が来たところで、あいつもやりにくいだけだろうよ。さあ、それよりも陽一郎の話を聞こうじゃないか」

「私ですか。そう申されましても、いつも通りの稽古だったとしか……」

「なるほど、なるほど。ではあのお琴とかいうお嬢さんが甲斐甲斐しく世話をしてくれるのも、いつも通りか」

ぐ、と陽一郎は食べていた煮しめを喉に詰まらせ、慌てて水を飲んだ。

今日の夕餉は、帰り道で政頼が買い求めた蓮根と牛蒡《ごぼう》の煮しめ。それと手伝いの婆さんが用意してくれた飯に、先日鹿嶋が持ってきた酒がある。

この数年の間はなかった贅沢な晩酌であり、政頼も舐める程度だが酒を楽しんでいた。

「見られていましたか……ですが、あの子は近所の薬種問屋の娘ですよ。まだ十五かそこらのはずで、私とはとても……」

「あれはお前を好いているように見えたがな」

「兄のように思っていてくれるのでしょう。それに私には小夜がいます」

陽一郎が気にしているのは、亡き妻のことだけではないだろう。

不器用だと言ってしまえばそれまでだが、陽一郎には自分のことなど気にせず自身の幸福を追い求めてもらいたいのだ。

ふと、薬種問屋という言葉が引っかかる。

「薬種問屋とは、もしかすると理京屋《りきょうや》のことか」

「ええ、以前より道場に塗り薬などを安く譲ってくださいます。長い付き合いだと師匠は言っておりましたから、義父上もご存じではないかと思いましたが」

「もちろん知っている。なるほど、あのお豊《とよ》さんの娘がお琴か。なるほどなぁ」

「理京屋の女将さんをご存じでしたか」

「当たり前だ。あの女将は若い頃に……」

続きを語ろうとして、政頼は口を閉ざした。

お豊と言えば、政頼がまだ若く妻とも出会っていない頃、ほどよく脂の乗った色気のある年増女として有名で、城下の飲み屋で度々男から酒代を奢られては際どい真似をしていたのだった。

それが、理京屋の後添えとなった後はぴたりと遊ぶのをやめ、すっかり薬種問屋の女将として真面目に働いていて、近所の評判も上々らしいと聞いたのは、つい数年前の話だ。

陽一郎も、おしどり夫婦で有名だと評した。

「どうされたのです？」

「苦い記憶が……いや、人は変わるものだと思い出しただけのことよ。それよりもだ。おれはもう長くはないのだから、後添えをもらっても……」

「家名を継いだ者としては、それが当然だとは思いますが」

陽一郎は茶碗で酒を呑んでいる。

普段は金もないし大して好きでもないからと言ってあまり酒を口にしないが、その実一升二升は平気で飲み干す酒豪、無類の酒好きなのだ。

最初は控えめに飲んでいたが、三杯目からはなみなみと茶碗に注いでいた。

「すみません。まだ私は小夜を愛しています。急に失ったせいか、まだ自分が独り身になった実感がないのです」それに、と陽一郎は紅くなった頬を引き上げて笑う。

「子はありませんが、小夜は私に家族を遺してくれました。義父上からしてみたら失礼な話ではありますが、どうか私に私の家族を大切にさせてもらえませんか」

はっきりと言われてしまった。

政頼は正直に伝えられた内容に言葉を返すこともできなかった。返す必要もなかったのだろうが、照れ隠しのやり方も思いつかなかった。

小夜は素直で良い子だった、と政頼は陽一郎の言葉を受けて思い出していた。いや、片時も忘れたことなどない。

生まれたときに、まだ存命だった政頼の母は男子でなかったことを口にしたが、そんなことは政頼には関係なかった。ただただ、自分の命を継ぐ子の誕生が嬉しく、同時に妻に対して言いようのない感謝を感じたものだ。

男の自分には、娘の成長の途上にあるあれこれをちゃんと理解できていたかは怪しい。そのあたりはお妙に任せきりになってしまった。

それでも、娘のことを大切にしてきた、と政頼は自負している。

「小夜は、良い子だった」

「はい。私には勿体ない、できた妻でございました」

「料理の腕は、あまり良くはなかったが」

「そこはそれ、義母上《ははうえ》様が料理上手でございましたから、あまり比べるのも可哀想です。私にとっては、小夜の料理も充分すぎるものでした」

そうだった、そうだった、と政頼はお妙の手料理を思い出した。目の前に並んだ煮しめのような料理も、汁物も。良い魚が手に入ったときには、見事に御造りにしてくれた。

まるで料理屋の御馳走だ、と陽一郎が驚いたこともある。

「そうさな。確かにあいつは料理上手だった」

ぽつりと呟いた政頼は、よくよく味の染みた蓮根を噛みしめた。じわりと口の中に広がる煮汁を、少ない酒で薄める。

「……良い酒だな。剣はいまいちだが、こういうものには目が利くらしい」

「ええ、上等な酒です。鹿嶋弥四郎……私の稽古に付き合っていた彼です。彼に聞けば、その父上から酒屋もわかるでしょうから、義父上の快気祝いにもこれを用意しましょう。それまでには御役目に励んで、稼いでおきますよ」

「弥四郎か……。あれも、良い男ぶりだったな」

「そうですね。あれでまだ女を知らぬというから、驚きです」

多少は稼いでいる鹿嶋家だが、女遊びをするような金を息子にくれてやるほどの余裕はないのか、それとも教育の一環としてそうしているのかわからないが、共に酒を呑むことすらほとんどないという。

「なんだ、若いのにつまらんことだな。どれ、父親の鹿嶋弥太郎の昔話をいくつか教えてやろう。弥四郎から言ってやれば、口止め料に酒手くらいは出すだろう。あいつの妻女は顔こそ綺麗だが性格がきついからな。知られたくなかろう」

「あまりそういう話は……ですが、興味はあります」

酒宴と呼ぶにはわびしいが、しかし明るい親子の語り合いは遅くまで続き、肴もそこそこに呑み続けた陽一郎のほうが、先に眠気が来てしまった。

「やや……久しぶりの深酒で、これは、どうも……」

「よいよい。あとは任せて、先に眠れ。明日の朝も少しばかり稽古をつけてやるから、そのつもりでな」

「はい、ありがとう、ございます」

上背のある陽一郎が、背を丸めてのっそりと移動して薄い布団の上へと転がった。

「陽一郎。町を歩いていて聞いたのだが、最近は妙な浪人者がうろついているらしい。お琴の身、お前が周りに目配りして、守ってやれ」

「わかり、ました……」

「わかったなら良いさ」

政頼が皿を片付け終えた頃には、陽一郎は寝息を立てていた。

眠っている姿はまだ無垢な少年にも見える。こんな若い男に武士の一家を背負わせてしまってどうするのか。

本当なら、件の弥四郎のように父の手伝いをしながら少しずつ仕事に慣れていくような時期のはずなのだ。

「む……少し、おれも呑みすぎたか」

胸が苦しい。

水を飲み、それでも収まらぬ息苦しさに、政頼は這うように家を出て、壁に背中を預けたまま夜風に身体を晒した。

まだぬるいが、それでも酒盛りをしていた家の中よりは大分清々しい。

「やるべきことの整理はついたな」

準備すべきは三つ。

お琴の気持ちを確認し、問題なければ陽一郎との結婚を進める。

昼間の浪人者について確認し、必要があれば排除する。

藤岡襲撃後、刺客が自分だと露見しないように仕事を済ませ、尚且つ陽一郎の手柄を遺す。

「なんとまあ、人生の終わりに忙しいことよ」

一つ目はさほど難しくはない。

昼間の様子を見ればお琴が陽一郎を好いているのは間違いない。商家の娘だが武家との結婚もどこかの養子とすれば問題なかろう。

浪人については鹿嶋の手を借りなければならぬ。

「あの男が言っていた『大金を得られる仕事』とやらが気になる。大方人斬りの仕事であろうが、問題は誰を狙っているのか、だ」

あの道場の誰かを狙っているとは考えにくい。

藩のお抱え道場であるならまだしも、今は複数存在する町道場の一つに過ぎない。それを潰したところで大金を払うような奴はいないだろう。

お琴が主な標的でもないのは、浪人の口ぶりから明らかで、彼女が商家の娘だとすら認識していなかっただろう。どこの娘か知っていたなら、追わずに待ち伏せすれば良いからだ。

「難題は仕事の終わり方よな。死なねばならんが、藤岡伊織と一緒におれの死体が転がっていてはまずい」

下手人が義父となると、いくら活躍したところで陽一郎は重罪人の身内として処分されてしまう。

首尾良く藤岡を殺害せしめたとして、その後はどうにか現場を逃走して人知れず死なねばならない。

だが、ただ藤岡が死んだだけでは、陽一郎が失敗したとされてしまうだけだ。

「仕留められるわけにはいかないが、婿どのが評価される証拠が必要だな」

風が弱まり、暑くなってきた。

もろ肌を脱いだ政頼は、ふと自分の右腕を見た。

今は痩せ細っているが、それでも鍛え続けてきた筋肉はうっすらと残っている。拳を握ればぴったりと張りつめる肉が、病人とは思えぬほどに硬く浮き上がる。

月明りの下の肌は引きこもっている間に色が薄くなったが、その分いくつもの古傷が目立つようになった。

「何度か壊れてしまった腕だが、それでもよく持ってくれた」

剣が遅いと感じたら重い六角棒をがむしゃらに振るって腕を鍛えた。

とっさに首と頭を守るために右肘で木刀を受け止めたこともある。

遠い昔、やむにやまれぬ事情で真剣での立ち合いをやったときは、骨に届くかという深さまで二の腕を斬られたこともある。

その時、初めて斬られたのだが、同時に初めて人を斬った。

「傷は消えなんだが……」

妻にも娘にも、そして陽一郎にも傷のことは聞かれなかった。

他にも沢山傷はあったたし、どれも勢庵の師に治してもらったと説明していたから、気にもされていなかったかもしれない。

腕が動いて刀を振るえるなら侍として生きていける。

そう思って今まで傷はしっかりと癒やし、治れば前以上に鍛えて強くなった。

「腕があれば戦える。とすれば、腕がなければ侍も何もあったものではないと言えるのか。いや、浪人として生きるのも難しかろう。……ふむ」

政頼は、些《いささ》か危険ではあるが良い案を思いついた。

実現できるかどうかは勢庵に確認しなければならないが、おおよそのやりようはすぐにまとまった。

「下手人の置き土産として、陽一郎に腕の一本、くれてやるとしよう」

井戸の水をかぶり、寒いくらいに身体が引き締まった政頼は、いつの間にか楽になっていた胸をぐぐ、と膨らませてたっぷりと息を吸い込んだ。

自分の死に様をあれこれ計画するのも、乙なものだと微笑みながら。

鹿嶋の居宅は政頼が住む家来衆の長屋からほど近い場所にあり、一応は庭らしきものがあり、幾人か手伝いを雇ってはいるものの、手入れが行き届いているわけでもなく、風情があるとは言えぬ佇まいである。

松の木が野暮ったく見えるあたり、庭師が入って仕事をしているわけではないらしい、と思いながら、政頼は玄関先で息を吸い込んだ。

「御免。拙者、空閑政頼と申す。鹿嶋弥太郎どのに用があって参った」

この程度の言葉を吐くにも肩が痺れるほど苦しい。

思っていたよりも声が出ずに心配したが、さほど待たずに戸は開いた。

「申し訳ありません。父は今留守にしておりまして……」

「ああ、弥四郎どの。久しいな」

「はい、ご無沙汰しております。陽一郎どのには、とてもお世話に……」

「同門なのだから、そうへりくだって話すことはないさ」

弥四郎とは十年以上顔を合わせていないのだが、政頼は昨日見たばかりであるのを隠して、懐かしげに語りかけた。

対して、弥四郎のほうは覚えてはいなかっただろうが、姓名から政頼が陽一郎の義父だと思い出したのだろう。話を合わせてくれた。

父はもうすぐ戻るはずだから、と室内に案内した弥四郎は、母も不在で勝手がわからず申し訳ありません、と言いながらも熱い茶を用意してくれた。

「陽一郎どのからは、ご病気と伺ってましたがお加減はよろしいのですか」

「ああ、お陰様でここ数日は多少楽になっていてね、ゆっくりだが歩いてきたのさ」

「それは、良かった。必要でしたら帰りには駕籠を呼びますので、どうぞ遠慮なく言ってください」

病気は決して快復の兆しなど見せていないが、政頼は嘘をついた。陽一郎相手にもそうだが、剣に打ち込む次代の子らに余計な心配をさせるものではない。

それにしても、優しく、気配りのできる若者だと感じ入る。

分厚くざっくりとした手触りの湯飲みを手に取り、ほんの少し唇を湿らせると、政頼は廊下に座ったままの弥四郎を中へと招いた。

「親父さんが戻るまで、少しばかり話し相手になってくれないか。さあ、そんなところでは膝が痛くなるだろう。中にお入り」

「は、では失礼します」

「どうかな。君から見て、陽一郎の剣の腕は」

急な質問に、弥四郎は言葉を選ぶように視線を逸らした。

おや、と政頼はその仕草が意外だった。何か評しにくい部分でもあるのか、あまり口にしたくないことでもあるのか。

もしかすると、目にした稽古では見なかった欠点があるのやもしれない。

そう考えていたが、実際は逆だった。

「陽一郎どのは、最近になって突然腕を上げました。以前はわたくしと同程度の腕前だったのが、昨日はまるで打ち込みが届かなくなりまして」

「ほう」

「何かこう、一つ壁を乗り越えたというか、今まで見えていなかったものが見えているというか……。言い表すのは難しいのですが、どうも剣の道で一歩二歩、先を行かれてしまったように思います。正直に申しますと、とても悔しいことです」

悔しいと言いながらも、弥四郎は陽一郎をよく見ている。

短期間で見違えるほど陽一郎の腕が上がったのか、それとも友人として弥四郎が変化を機敏に感じ取っているのか。

政頼はおそらく両方であると考えていた。

言葉とは裏腹に、友の成長を語る弥四郎の声は嬉しそうだ。

「何か、あったのでしょうか」

「あったよ」湯飲みのぬくもりを両手でじんわりと味わいながら、政頼は答える。

「おれも先は長くないので、彼に色々と伝えている」

正直に話した政頼に、弥四郎は目を丸くした。

そして口を開いたが、言葉は出てこない。陽一郎が教わった内容について聞きたがっているのは明白だが、義理とはいえ親子の間のことに口を挟むのを躊躇しているのだろう、と政頼には見えた。

どこまでも気遣いが先に行く性分らしい。

「君には、伝えられない内容もある」

「と、当然でしょう」

「血縁がどうのという話ではないよ。単に向き不向きの問題であって、君の才能に何か問題があるわけでもない」

政頼は、陽一郎と同じように剣の腕をひたすら磨き続ける若者を前にすると、どうにも自分が甘くなるのを感じていた。

この数日、陽一郎に稽古をつけている間にも感じていたことだが、鍛え上げた剣の技術を伝えることもまた、自分の成果と言えるのではないか。

人を斬るだけが、剣の腕の見せ方ではないのだ。

気づくのが、些《いささ》か遅すぎたが。

「もし稽古のことで迷っているなら、道場主に聞いてみなさい」

「先生に……」

「弥四郎どのは彼と似た性質のようだからね。もう二十年以上前の話だが、あいつも悩んで、迷って、あがいて、答えを見つけたのさ」

真剣に稽古に向き合っている者ほど、どこかで停滞に行き当たる。

自分がやっていること、繰り返していることに疑問を感じ、何をどうやっても成長している気がしなくなるのだ。

ここで道を間違え、腕を確かめるために矢鱈と他流試合を仕掛けるようになるか、酷い者だと人を斬って実力を示したくなる。

「君は、人のことがよく見えている」

「ありがとうございます」

「そういう人は、得てして自分のことはよく見えてないものだ。……いや、これはどうも偉そうに言ってしまった。死にかけた爺のうわごとと思って聞き流しておくれ」

「とんでもないことです。本当に、ありがとうございます」

どうも空気が重たくなってしまった。

心を落ち着けるために、政頼は少しぬるくなってきた茶を口に含む。あまり沢山飲み込むと苦しくなるから、ゆっくりと。

茶托に置いた湯飲みから視線を上げると、政頼は何かを考えこんでいるらしい弥四郎に笑顔を向けた。

「話を変えよう。君は、陽一郎とお琴のこと、どう思っているかな」

「は……あ、あの子ですか。少し若いかもしれませんが、陽一郎どのとは気も合うようですし、一緒になっても良いのではとわたくしは思いますが」

弥四郎もお琴を気に入っている可能性を考えていた政頼だが、反応は意外と軽いものであった。

さっくりと二人の関係を「良い」と認めるあたり、最も近くでもどかしく二人を見ているのは弥四郎なのかもしれない。

「ただ、陽一郎どのはまだ……その、事情が許さぬのではないかと」

「その事情であるおれが、気にせずとも良いと言っているのだが、あの婿どのもなかなか頑固でな」

「ふふ、はっはは、然様《さよう》でございましたか。いや、彼らしい。しかし、よくお琴のことをご存じですね」

「ちらりと耳に挟んだだけさ。それでは、例えばお琴ちゃんが君の妹ということになっても、嫌ではないかな」

「それは……」

一瞬、どういう意味かわからなかった弥四郎だが、すぐに事情が呑み込めたらしい。花が咲いたような笑顔になって。賛成した。

「もちろん、父上がお決めになられることでしょうが、わたくし自身は大歓迎でございます。ええ、とても良いお考えだと思います」

「それは良かった。正直に申せば、君がお琴ちゃんを気に入っているのではないかとも思っていたのだ」

「可愛らしいとは思いますが、妹のようなものです。ああどうも、妹を嫁に送るというのは想像もできませぬが、陽一郎どのと縁続きになるというのも楽しいですね」

明るい話題に変わり、茶が半分ほどに減った頃、ようやく家主が戻ってきた。

素早く察して表戸まで出迎えに行った弥四郎から話を聞いて、鹿嶋が額に汗を浮かべながら足早に入ってきた。

「邪魔しているぞ」

「ここに来るのは、些《いささ》か……」

「関係を勘繰られると困る、か。もとより同門の徒ではないか。それほど気にすることでもなかろう。どうせ事が済めばおれは消えるのだ」

「む……」

父のために茶を持ってきた弥四郎は廊下で所在なげに膝を突いていたが、鹿嶋に促されて障子を閉めて自室へと戻っていった。

先ほどまで和気藹々と語り合っていた部屋とは思えぬほど、重苦しい空気が支配する。

「何用だ。話はついたはずではなかったか」

「二つ、用がある。一つは仕事に関わるらしきこと。一つは陽一郎どののことだ」

「らしき、とは。お主には珍しく歯切れの悪い」

「そう言うな。何しろ勘働きで言っているに過ぎぬ話だが、下手をするとこれは今度の仕事の邪魔になるゆえ、な」

「その話から、聞こう」

政頼は、先日の道場見物帰りに遭遇した怪しい浪人者のことを伝えた。

殺しを請け負うことで生計《たつき》を得ているらしい口ぶりと、大きな仕事という言葉が引っかかっており、藤岡暗殺に何か繋がっているのではないかと感じることを。

「それは妙ではないか」

熱い茶を気にもせず飲むたちの鹿嶋は、喉を鳴らして一度に茶を飲み干す。

「刺客はここにいる。護衛は藩士から選ばれる。その浪人者が入り込む隙間などないではないか」

「それさ。そこがおれにもわからんのだ。だが、刺客を……このおれを排除するために雇われたとは思えぬか」

刺客が何者かは不明なまま、暗殺計画があると藤岡伊織が感づいたとしたら。

護衛を付けるにしても、もっと確実に計画を排除する行動に出る可能性はないか。

政頼はそう考えた。

護衛の腕が良いと言っても、刺客に襲われたこと自体を問題視する者がいるかもしれない。であれば、計画そのものを潰そうとするのでは。

「……どこかで、話が漏れた可能性があると言いたいのか」

「人のやることとさ。水も漏らさぬなどと言うが、人の手で形作った器から一滴もこぼさぬなど無理なことよ。ましてその水が人から人へ渡るのだ。水の行方をたどるのは容易だろうさ」

「ち……」

わかった、と鹿嶋は茶で温《ぬく》もった熱い息を吐いた。

浪人者については人相がわかっている以上、調べるのはさほど難しくない。新参者が多く入ってきてはいるが、いずれも素性のわかっている者がほとんどであり、怪しい浪人者などそう多くいるものではない。

「で、もう一つは何だ。陽一郎どのなら、事が終わって藤岡伊織排除が成功すれば、お主がおらずとも御役目が与えられるように計らうと約束しただろう」

「そこは信用している。ただ、空閑家の存続についての話だよ」

「嫁か」

「その通り」

簡単に言ってくれる、と鹿嶋は足を崩して胡坐をかいた。

「自分の息子の嫁すらままならんと言うのに」

「ああ、さっき話したが、弥四郎は良い男だな。どうして嫁を見つけてこない」

政頼も胡坐になり、背を丸めて笑った。

「鹿嶋家はこの転封騒動でもうまく立ち回っているではないか。縁繋ぎを頼みたい家はそこかしこにあるだろう」

「ある。あるのだが、どうも妻が了承してくれぬでな……」

「ははあ、なるほどな」

「納得されるのも腹が立つが、まあそういうことだ」

一人息子の嫁としてふさわしいか、弥四郎が気に入るかどうか以前に、母親の御眼鏡に適う女性がなかなか見つからないらしい。

「これで弥四郎自身が誰ぞ連れてきてくれたなら、妻を説得しようとも思うのだがな。誰に似たのか、どうも奥手でいかん」

「身持ちの固いのは悪くないだろう。お前のように女遊びが過ぎて父上に勘当されかけるよりは……」

「その話はするな。妻に聞かれたらどうする」

話が脱線しすぎた。

政頼は鹿嶋が本来の雰囲気に戻りつつあるのを楽しみつつ、陽一郎の相手はすでにいると言った。

「お前も知っているだろう。道場ぐるみで世話になっていた理京屋の娘だよ。今でも出入りがあって、どうも陽一郎と良い仲らしい」

「商家の娘か。そうなると理京屋の跡継ぎは……ああ、息子もいたな。となると、その子をうちで養子にしろと言いたいのか」

「察しが良いな。弥四郎どののもそうだった。顔はともかく、才のほうはお前からよく継いでいるよ」

鹿嶋は腕を組んで目を閉じた。

堂々たる体躯の男がこうしていると、まるで大きな岩がどっしりと鎮座しているように見える。

見た目よりも繊細で、道場内で目端が利くほうであった彼は、もっと腕が立ったならば道場を継いでいたかもしれない。

「……わかった。もう弥四郎とは話をしたのか」

「彼の了承は得たよ。その子のことは妹のように思っているそうだ」

「はあ……。良いだろう。ただし、この仕事が終わってからの話だからな」

「心得た」

飯でも食べていくかと言う鹿嶋に、家で陽一郎と食うから、と政頼は膝に力を入れてゆっくりと立ち上がった。

右手に握った刀をだらりと提げ、するすると歩き出す姿に、鹿嶋は得も言われぬ迫力を感じたように見つめていた。

ふと、戸を開いた政頼が振り返る。

「弥太郎。お前、良い家族に恵まれたな」

「お主も……」

鹿嶋は下唇を噛んで言葉を止めたが、やはりと口を開いた。

「良い婿に恵まれたではないか。そう、良い跡継ぎに」

「そうだな。おれは幸せ者だ」

見送りは無用、と政頼は言い置いて鹿嶋宅を辞したが、ふと振り返ると友が彼を心配そうに見つめていた。

その顔には、若い頃にはなかった深い皺がある。

生き様は違えど、老いは平等に訪れるものだと感じながら、鹿嶋の視線に気づかぬふりをして、政頼は再び歩き始めた。


鹿嶋邸を訪ねた後、家にたどり着いた政頼は疲れ果てて飯も食わずに床に就いた。

相変わらず胸は苦しく、溺れかけているかのような呼吸を繰り返しながら、汗だくのまま薄い布団の上でのたうつ。

半刻ほど唸っていただろうか。

陽一郎が戻るまではまだ時間があり、助けを求める相手はいない。

「なんて、ざまだ」

老いること、病に罹《かか》ること、どちらも若い頃には想像したこともなかった。

衰える悲しみは他人事で理解できぬ感情であったし、弱るのは鍛え方が足りないからと嘲ることすらあった。

今はそれが全て自分に返ってきている。

「試してみるか」

這いつくばって土間へ降り、水がめによりかかったまま、懐に隠していた薬包を取り出し、中の薬を一息に口へ放り込む。

粉末が喉に当たってむせそうになるのをこらえ、水がめに柄杓《ひしゃく》を突っ込んで上から落とすように口の中へと水を入れた。

苦味が洗い流され、空の胃に落ちていくのを感じてからほどなく、息苦しさが収まって楽になってきた。

「ははあ、これは、すごいな」

身体のだるさはあるが、目を閉じて眠れる程度には楽になった。

ふらりと立ち上がり、尻についた砂埃を叩き落とした政頼は、薬の効き目に感心しながら布団へともぐり込んだ。

仰向けになっても、先ほどまでの押し潰されるような感覚はなく、たっぷりと体重を布団に任せていられる安心感があった。

腕を、伸ばしてみる。

関節の痛みはほとんど感じない。

膝を浮かして、横向きにごろりと寝返っても、常々身体中にまとわりついていた粘っこい倦怠感が少ない。

勢庵がくれた薬の効果は確かだった。

「今日のうちには、勢庵を訪ねるつもりだったが……」

深呼吸で血の巡りが良くなったせいか、政頼は元気になったかと思ったらすぐに睡魔に襲われる。

無理に身体を起こそうかとも考えたが、これほど気持ち良く微睡《まどろ》むのはいつ以来か覚えていないほどで、いつの間にか寝入ってしまった。

体力がなければ、ゆっくりと眠ることもままならない。

「む……」

政頼が目覚めたとき、外からの光は朱く染まり始めていた。

たっぷり二刻ばかり眠っていたらしいと気づいて、照れ臭そうに身体を起こし、布団を整える。

ふと見ると、寝ている間に手伝いの婆さんが来ていたようで、飯が炊かれており、鍋には味噌汁が出来上がっていた。

「うむ、今日のも美味いな」

婆さんは、少ない謝礼に文句一つ言わず、定期的に空閑家の長屋に来てはたっぷりの飯と汁を作ってくれる。

近所の職人長屋に住んでいる寡婦で歳は六十と高齢だが、息子夫婦に世話になるばかりでは申し訳ないと言って仕事をしているのだ。

孫に飴や独楽《こま》を買ってやるのが生きる糧らしい。

「飯のあてでも準備しておこう」

大根を剥いて水を張った鍋に入れ、塩だけで煮込んでいく。

妻と娘を失ってからというもの、陽一郎が主に炊事をやっていたのだが、当然空閑家の当主として出仕もせねばならぬ。

自然と、政頼も身体が言うことをきく分には食事の用意を手伝うようになった。

とはいえ不慣れであることには違いなく、大根の皮剥きはそれなりで、面取りも隠し包丁もしないまま、ただただ時間をかけてぐらぐらと煮込む。

うっすらと透明感が出てきた頃合いに箸で突くと、すんなりと刺さった。

箸で小さくちぎり取って食べてみると、熱を放ったかのごとく口の中を熱し、喉を抜ける間も燃え上がるようだ。

「ま、良かろう」

塩だけの味付けだが、大根そのものが充分美味い。

冷めればもっと良い塩梅になるだろう。

これに味噌をかければ、とも考えたが、勝手に味噌を使ってしまうと婆さんが困るだろうと諦めた。

たった一口のつまみ食いで身体が温まったのか、まだ薬が効いているのか、身体の動きは悪くはない。

呼吸もまだ楽なのを受けて、政頼は木刀を掴んで長屋の裏へと向かった。

冷ややかな風が吹いている川べりは、風の音だけがふるふると鼓膜を揺らすのみで、とても静かだ。

掴んでいた木刀を腰に当て、抜刀の動きを行う。

一度は横薙ぎに。

一旦は納刀し、次は縦に、上から下、下から上へ。

一口に抜き打ちと言っても、腰の使い方や鞘払いの方法も含めれば多くの種類がある。離れた相手に踏み込みと共に一刀で斬りつける動きもあれば、至近の相手に浴びせる斬撃や、突進してくる相手を避けながら斬ることもある。

抜刀を一通り行うと、今度は正眼から上段、下段と構えを入れ替えながら斬りと突きの動きをゆっくり、記憶をなぞるように順番にやっていく。

最初こそ、木刀の切っ先は揺れていたし、政頼の考えている軌跡をたどれなかった。速すぎたり遅すぎたりしていた。思考と動きが合っていなかったのだ。

「す、ふぅ……」

呼吸を整えながら、政頼は自分が今、どう動けるのかを確かめていく。

思い描く動きと、実際にできる動きを一致させていく作業は、繰り返し繰り返し同じ独り稽古を続けることで、いつしかずれが少なくなっていく。

政頼は、先日から陽一郎と対峙し、町を歩くことで自分の頭と身体がずれているような感覚に気づいていた。

「衰えたならば、衰えた身体でできることをする」

自分に言い聞かせる。

技はまだ忘れてはいない。それを実現できる方法を確かめておけば良い。

「長く戦う必要はないのだ。護衛を躱《かわ》し、藤岡伊織を仕留める。それから逃げおおせるだけ身体が動けば良い」

長い独り稽古だった。

たっぷりと汗をかいた政頼は、薬が切れて痛みと苦しみを抱える身体に戻っていたが、表情には爽やかな笑みが浮かんでいた。

木刀を腰に戻し、虚空に向けて一礼。

身体がまだ動くことに対して。それから、病を理由に鍛錬を怠っていた自分自身に対しての申し訳なさに対して。

井戸水を浴びて汗を流した政頼は、城と稽古から陽一郎が戻ってきたときにはさっぱりとした様子で布団の上で座っていた。

「ただいま、戻りました」

「帰ったか。では、夕餉にしよう。飯と味噌汁と、大根を煮たものがある。さ、腹が減っているだろう」

「ありがとうございます。今日は義父上の具合が良いようで、何よりです」

食べて、眠り、夜明け前に起きて、二人で稽古を行う。

決まり事となった親子の交流を終えると、稽古の汗を流して陽一郎は城へと出かけていった。

出がけに、「今日は老中から呼ばれておりますので、いよいよ護衛の御役目について何かあるのやもしれません」と言い残して。

れはそれで良い。

黒ずくめの浪人の動きは気になるが、邪魔が入るより先に藤岡が動くのであればそ

ただでさえ神経を使う仕事が控えているのだから、面倒事が少なければそれに越したことはないのだ。

陽一郎を見送り、しばしの食休みを過ごした政頼は、この日も出かけることにした。

長いこと陽の下を歩いていなかったのが、ここ数日は頻繁に外へ出ている。気づけば両手の甲は日焼けでひりひりとしているが、それも心地よく感じるほどだ。

帯刀して外へ出ると、今日は陽射しが強い。菅笠を取りに戻って改めて外に出ると、草履の具合を確かめるように地面を踏みしめる。

昨日ほどに苦しくはなく、ゆっくり歩く分には呼吸も乱れなかった。

長屋の女房たちに一礼すると、元気そうで良かったと声をかけられた。

「最近はよくお出かけのようですねぇ」

「はは、陽一郎どののおかげで楽をさせてもらっているのでね、寝てばかりではどうも、具合が悪い」

「良いお婿さんだこと」

「そろそろ、か」

「まったくもって、その通り」

では失礼、と井戸端会議から素早く逃れた政頼は、久方ぶりに見た女房たちの姿に苦笑していた。

これほど近くに、自分を気にかけてくれている人々がいたのか、と。社交辞令であるにしても、嬉しい。

家のことは妻に任せきりだったが、長屋には長屋の世界があると知ると、それもまた楽しい。家を守る彼女たちも同様に、忙しく立ち働いているのだ。

その中に自分の妻もいたのだろう。今ではもう、その姿を見ることは叶わないが。

以前よりは軽い足取りで向かったのは勢庵の自宅兼診療所であった。

前回同様に出てきた金太に挨拶をし、部屋へ通され、勢庵を待つ。

今日は茶が出されたところが以前と違う。おそらく患者ではなく、客として遇されているのだろう。

「で、今日はどうした。流石のわしも、死なずに済む薬などは持っていないぞ」

「そんなもの、欲しいとも思わんな。……例の薬だが、良く効いた。あれは大したものだ」

「使ったのか。で、目的は果たせたか？」

何をするつもりか知っているかのように聞いてくるのを、政頼は頭を振って「まだだ」と答えた。

もはや、勢庵にはある程度話してしまおうと思っていた。あれこれと聞き出すのに隠し事をしたままというのは面倒であったし、何より不敬である。

「まず、おれの話を聞いてくれ」

「患者としてか。友としてか」

「お前がまだ、おれを友だと思うなら……」

「いいだろう。吃驚《びっくり》してわしの心臓が止まらぬ程度の話題で頼む」

ふふ、と笑って政頼は話す。

暗殺の依頼を受けたこと、その対象を護衛するのが陽一郎であること。そして仕事を終えたのちに逐電するつもりであることを。

鹿嶋の名は出さず、標的が藤岡であることも伏せた。知っていることが多いと勢庵に迷惑がかかると考えてのことだった。

「それを、わしに話してどうする」

「手伝えとは言わぬ。だが、一つ教えてほしいことがある」

政頼は、自分の右腕を掴んだ。

「人は腕を切り落とされてから、どの程度の間動けるものか」

「ははあ。読めたぞ」勢庵は自分の頬をぴしゃりと叩いた。「政頼よ、お主は陽一郎に斬られて死ぬつもりだな」

「その場で死ねぬから、聞いているのだ」

標的を討つ。金をもらった以上はやる。

だが、陽一郎には手柄を遺してやりたい。

しかし、下手人が自分だとわかるのはまずい。

「面倒なことを考えるものだ。で、腕を斬られてから逃げて……どこぞでひっそりと死ぬつもりか」

「それでは死体が残る。おれだと露見してしまう。遠くへ行かずとも身を隠す場所まで行って、あとは油をかぶって顔を念入りに焼いておけば良かろう」

誰ともつかぬ片腕の焼死体となってしまえば、陽一郎と下手人が繋がることもない。

陽一郎には襲撃犯に致命傷を負わせて自害に追い込んだと思わせる。

「だが、護るべき者が討たれては功名も何もあるまいよ」

「そこは、ちゃんと考えている」

「ふむ……」

勢庵はしばし沈黙し、政頼はじっと待つ。

鳥の声が聞こえて、遠くから子供の笑い声も届いた。

声がしたほうへちらりと視線を向けた勢庵が、への字に曲げた口を開いた。

「顔を焼いて、誰ともつかぬ無縁仏になるか。とても侍の死に様には思えぬ」

「金で雇われて人を害する。もう侍ではないのだ。死んだ後の扱いなど、それでも上等であろうよ」

「藩随一の剣術遣い、空閑政頼はもうおらぬか」

「今はここにいる。だが、ほどなく死ぬ」

政頼の意志は固い。

「それで……そうやって死んで」

勢庵の視線が、下へ落ちた。

「お妙さんは浮かばれるかね」

「さて、な。いずれにせよ、地獄行きのおれには確かめようもないことさ」

亡妻の名を出された政頼は、そうやって結論を避けた。

勢庵は説得を試みようとしたのかもしれない。だが、言葉を交わすほどに政頼はより堅固に決意を強めるばかりだった。

重苦しい空気を、低く響く勢庵の声が震わせる。

「……処置をしなければ、気を失わぬとしても四半刻と持たぬよ。それどころかあっという間に血の気を失って動けなくなるだろうな」

「処置をすれば良いのか」

「簡単に言うが、傷を焼いて血を止めるとかそういう話だぞ。まあ、腕の付け根をきつく縛れば、まだましだろうが」

それでも長くは持たない。

特に激しく動いた後は血の巡りが良くなって出血は酷くなる。腕を失うほどの傷は自然に塞がるものでもなく、すぐに処置して運が良ければ生き残れるかどうかだ。

そう説明をされても、政頼は頷くのみで考えを変えようとはしなかった。

「腕を縛るのだな。帯で良いだろうか」

「いや、もっと細い、尚且つ固く縛れるものが良い。ちょっと待っておれ」

勢庵はどこからか細いさらしを持ってきて、政頼に渡した。

「ここで使っているものだ。この程度に細ければ、片手で縛れる。口を使ってよりきつく縛れば、多少は心臓も長持ちするだろう」

「……かたじけない」

「話はそれだけか」

「いや、もう一つ頼みたい。どうも言いにくいことだが」

政頼は深々と頭を下げた。

「すまんが、湯治には一人で行ってもらえないか。対外的にはおれを共連れにしたということにして」

「そして、一人でここへ戻り、どこかでお前が死んだと言え、と」

「その通り。これでおれから疑いの目が逸れれば陽一郎どのは……」

「大した念の入れようだ。……わかった、引き受ける。だが、少しばかり計画は変えてもらおう」

面《おもて》を上げた政頼は首を傾げた。

今話した内容のどこを変えろと言うのか、と。

「お前の死体は、わしが処理してやる。決行の日が決まったら、逃げ込む場所を教えろ。……友だと言うなら、それくらいさせてくれ」

目を丸くしていた政頼だが、すぐにまた頭を下げた。

下げたまま、声を出さずに泣いた。

## 三、昔馴染み

稽古が終わり、差し入れと手伝いに来ていたお琴が道場を出ようという時間にはうっすらと空が赤く染まり始めていた。

帰り着くまで日没は待ってくれるだろうが、薄暮が危険な時間帯であることは間違いない。

だが、お琴自身も多少なりとも護身術としての武道を教わっており、当人は「何かあれば走って逃げる」と豪語している。

「それじゃ、失礼します」

「ああ、今日もありがとう。御父上によろしく。帰りは……その、気をつけて」

「わかりました。空閑さまもお気をつけて」

陽一郎は喉元まで出かかった「送っていく」との言葉をとうとう吐き出せず、お琴の後ろ姿を見ているしかなかった。

昨夜は深酒をしてしまったが、それでも義父に言われたお琴を守ってやれとの言葉を忘れてはいない。だが、あと一歩が踏み出せなかった。

亡き妻が気になるだけではない。お琴に近づいて良いものかどうか自信もなかった。

「情けないぞ、陽一郎」

「弥四郎……なんのことを言っている」

「わかるだろう。今からでも良いから、お琴ちゃんを追いかけろ。あとの片付けはやっておくから」

「だが」

「言い訳なんて聞く気はないぞ。頼むから、同門の仲間にまで遠慮なんかするな。本心を隠さないでくれ」

弥四郎がこれほど積極的にお琴とのことを後押ししたのはこれが初めてで、陽一郎は突然の申し出に驚いていた。

もちろんこれは政頼から頼まれたからこそである。

今までは二人についてぼんやりと「いずれ添い遂げるだろう」と感じていた弥四郎であったが、政頼と言葉を交わし、彼の願いと残された時間を考える機会を得て、落ち着いてはいられなくなったのだ。

「ほら」と弥四郎は陽一郎の刀をぐいと押しつけて言う。「稽古着は他の連中に洗わせるから、とっとと行け。あれでお琴ちゃんは健脚だから、追いつけなくなるぞ」

「……すまん。頼んだ」

「頼まれた。ほら、急げ」

弥四郎が言ったことは事実で、着物の裾を揺らして腰を振りながらさっさと歩いていくお琴に追いつくのは、陽一郎でもなかなか骨だった。

声をかける前に呼吸を整え、そして何とか理由をひねり出す。

単に「君を送りに来た」などと言える性格ではない。政頼に亡妻への想いを吐露できたのは、偏に久方ぶりの酒に背中を押されてのことだったのだから。

「お琴」

「あら、空閑さま。わたし、何か忘れ物でもしてしまいましたか？」

「いや、そういうことではないのだが……」

振り返ったお琴の微笑みを見た途端に、先ほどまで考えていた言い分がどこかへ霧消してしまった。

陽一郎の内心には、政頼に語った通りの迷いがある。

お琴を憎からず思っているし、弥四郎たちも背中を押してくれるが、果たして自分が後妻を迎えて、ちゃんと愛せるだろうかと考えてしまうのだ。

その思考が、お琴に対する積極性を押しとどめていた。

「そう、そうだ。義父上の呼吸が楽になるような薬が理京屋さんにあればと思って、な。折角なので家まで送ろうと思ったのだ」

「まあ、ありがとうございます。あまり詳しくないのですが、確か息切れに良いものがあったはずですよ」

「おお、それは良い。私の懐で足りるなら助かるが……」

「お任せください。ちゃんと父に話しますから」

頼もしい話だと返したが、義父を出汁《だし》に使ってしまったのは痛恨の極みだった。

お琴が自分を好いているかもしれないとは薄々気づいているが、義父との同居であること、その義父から家名を継いだことを当然お琴も知っていて、それがゆえに彼女も遠慮しているのではないかと想像していた。

だとすれば、より義父を意識させるのは良くない。

また、義父にも申し訳が立たない。

「では、急ぎましょう。父はその日の仕事を終えるとお酒を呑んでしまいます。そうなると薬のことなどすっかり頭から抜けてしまいますからね」

「あの理京屋さんがね……」

「外では真面目な顔をしていますけれど、家に入るとだらしがないのですよ。母が甘やかすのも良くないのです」

町で評判のおしどり夫婦は、人前で見せている以上に睦まじいようだ。

お琴は「困ったものです」とこぼしながらも、口ぶりは楽しそうで、両親の仲が良いのを好ましく感じているのがわかる。

もしかすると、男やもめの陽一郎を気遣って両親を持ち上げないように話しているのかもしれない。

「良い家なのだな」

「……はい。あとは兄にお嫁さんが見つかれば良いのですけれど。空閑さまにお心当たりはありませんか」

「はは、私には荷が勝ちすぎる難問だ。それを解決できるほどに人付き合いが巧みであれば、今頃もっと良い役職に就いているだろうし、何よりまず弥四郎が独り身ではなくなっている」

二人で並んで歩く。

武家屋敷がつらなる場所を抜けて、竹林へとさしかかり、人通りも少なくなった。

男女が隣同士に並んで歩いているからと言って視線を送ってくるようなこともない。

二人はほんのわずかに距離を縮めて歩く。

陽一郎は稽古の疲れはあっても、それがほどよく身体から緊張感を奪っていてくれるようで、足運びは滑らかだった。

ちらりと隣にいるお琴を見る。

頭一つ以上に身長差がある彼女の姿は、丁寧に整えられた艶のある髪がまず目に入り、夕陽が当たってかすかに紅く染まった首筋に、まだ子供だと思っていた先日までの見方を払拭する色香がある。

そして何より、ころころと笑う彼女の天性の明るい声が陽一郎には心地良かった。

不意に、彼女の笑い声に風切り音が混じった。

鼓膜を揺らした音に、陽一郎の腕は考えるより先に動く。

「飛び道具か！」

「空閑さま！」

刀子《とうす》だろうか。陽一郎が前腕を振るって叩き落したものは、刃渡り三寸ほどの短い刃物だった。

何が起きたのかわからずにいるお琴を背にして、陽一郎は攻撃が飛んできた先を睨みながら刀に手をかけた。

そこに、ぬるりとした感触があった。

「血が……！　腕にお怪我を！」

「浅手だ。構わずとも良いから、すぐに走って逃げなさい。そうして、番所で誰かを呼んできてくれ」

ごくりと喉を鳴らしたお琴は、抱えていた荷物を思い切って放り捨てると「すぐに呼んできます」と言って走り出した。

彼女の背を狙うように、再び刀子《とうす》が投げつけられたが、それは陽一郎の刀で叩き落とされる。

抜刀の速さ。寸分違わぬ剣筋が、彼の腕前を如実に表していた。

「強いな。この藩には腕利きが多いらしい」

「……誰だ」

「誰でも良いだろう」

影のように竹林から歩み出てきた浪人体の男。

右手にはだらりと抜き身を提げ、左手は袖の中に隠したままだ。無防備に見えるが、陽一郎は袖の中から暗器を投げてくる可能性を考え、油断は一切していない。

真正面。正眼よりも切っ先を突き出したような構えをとる。飛び道具に対する構えの一つだ。切っ先の向こうを見据え、陽一郎は相手が政頼から聞いた怪しい浪人ではないかと考える。

「随分とのんきに構えているが、突っ立っていて良いのか。待っていれば役人が集まってお前を捕まえるぞ。それとも、斬られたいのか」

「役人が来るならそれはそれでいい。どの程度の腕か知っておきたい」

「何かやるつもりか……」

「やるとも。まずはお前を斬る」

この時点で、陽一郎は相手が件の浪人であると断定していた。

城下で何かよからぬ企みを持って行動しているのだ、と。そのために役人の動きを知りたいのだ。

問題が起きてから現場へやってくるまでの時間。状況に対する判断力。戦闘になった場合の腕前を。

そのために、この浪人は罪もないお琴に怪我を負わせようとした。

いや、怪我で済むような武器ではなかった。殺そうとしたのだ。

「そう易々と斬られるわけにはいかん」

「そうだ。易々と斬られては困る。役人どもを待ちぼうけなどつまらんからな」

やり方は乱暴だが、大きな何かをやろうとする前に町の造りを調べ、治安、能力、人々の動きを観察しているのだろう。

人殺しをただ愉しむ狂人ではない。

考えているうちに、三本目の刀子《とうす》が飛来する。

刀を引きつけながら、上から撫でるように刀子《とうす》を払った。

地面の石に当たったのか、軽い金属音が響いたが、その時にはもう浪人は刀を八相に構えて眼前まで迫っていた。

「その構え、上段には弱かろう！」

「対処できぬと思うたか！」

腕を伸ばした構えからは振りかぶりが遅れるのは事実。

だが、刀子《とうす》を叩き落した動きから円を描いて逆袈裟に斬り上げる滑らかな太刀筋は、充分な力でもって浪人の剣をかち上げた。

直後、隙ができた胸元への突きを放り込むが、これは距離をとられて躱《かわ》される。

「……やるな」

浪人の胸元、着物の襟がざっくりと切れている。

身体にまでは届かなかったようだ。陽一郎の狙いはあとわずかで浪人の命を奪い損ねたらしい。

正直に言えば、陽一郎は少し安堵していた。

名も知らぬままの相手を殺すことに戸惑いがあるのだ。

「大人しく縛につけ」

「捕まるつもりは毛頭ない！」

「あっ！」

浪人が地面を蹴り上げて砂埃を飛ばすと、陽一郎は予想外のことに思わず腕を上げて顔を守る。

道場稽古ばかりで実戦を知らぬ愚かな行動。

これで陽一郎が足を止めたままであったならば、胸を貫かれて絶命していただろう。

「ち、踏み込みが浅いか」

稽古で身についた動き。

視界を失ったときや相手の切っ先を見失ったときには、その場をすぐに離れる。

木刀であっても切っ先が当たれば大怪我をするため、入門時から厳しく教えられる内容だが、これが陽一郎の命を救った。

素早く二歩下がったことで、浪人と同じように襟元を浅く裂かれたのみで済んだ。

「腕はあるようだが。斬り合いは初めてか」

「どうかな」

構え直しながらも、見抜かれた弱みを隠すように陽一郎は笑みを見せた。

砂は目に入っておらず、視界を奪われたわけではない。

道場稽古による甘さで危機になったが、その稽古のおかげで生き延びた。真剣での斬り合いはこれほどの怖さがあるのかと身に染みて感じる。

「死ねぃ！」

「おっ！」

憎悪すら感じられるような浪人者の叫びに乗って、鋭い踏み込みと膝下を薙ぐような斬りつけが陽一郎を襲う。

対して、膝を引き寄せるように避けた陽一郎は相手の刀を踏みつけにかかったが、間に合わなかった。

そのまま浪人者の胸目がけて前蹴りを食らわす。

「むっ、藩士のくせに、足癖が悪いな」

「自慢できるほどの育ちではない」

浪人者の姿勢は崩れたが、陽一郎は踏み込まなかった。追撃を食らわせることも考えたが、その隙が見当たらなかったのだ。

会話をしながら、陽一郎の目は絶えず相手の動きを見ている。

浪人者の構えは、正眼。

陽一郎はやや切っ先を右下へと下げている。脛斬りを警戒しながら、ゆるゆると左右に刀を揺らして誘う。

そのまま、対峙した二人は動かない。動けない。

埒が明かない、と陽一郎が思考を巡らせ、次の一手を考えていると、不意に浪人が「あっ！」と悲鳴をあげた。

「無事か、陽一郎」

「義父上！」

浪人者の背後から、政頼が不意打ちで石を投じたのだ。

一寸程度の小さな石だったが、的確に後頭部へと命中した一撃は、浪人者が怯むには充分であった。

状況を瞬時に察した陽一郎が、踏み込む。

有利な状況だが、頭は冷静である。

相手の動きを見ろ、と自分に言い聞かせる。

義父と対峙した稽古の状況を思い出し、自分ではなく政頼がどうしたかを明確に思い描いて、真似る。

「くそっ！」

慌てた浪人が横薙ぎに振るった刀の動きは、陽一郎にははっきりと見えている。以前の自分なら「好機」と見て深入りし、一撃を受けていたか、防御に気がいってむしろ相手に余裕を与えていただろう。

やり過ごした刀を握っていた右腕。

浪人の胴体ではなく、軽い踏み込みで届く腕を狙う。

一撃で命を奪う必要はない。

どこかに傷を負わせるだけでも良い。危険を冒さず、確実に斬る。

試合ではない、殺し合いなのだ。綺麗に斬る必要はない。斬られずに、斬る。

「ちいっ！」

右腕を狙った陽一郎の剣は大きく振られずに、するりと表面を撫でたに過ぎなかったが、前腕の中ほどをさっくりと斬りつけた。

だが、次の一撃へはいけない。

夥しい血を流しながらも刀を落とさず、尚且つ懐から刀子《とうす》を投げた浪人の執念はすさまじく、陽一郎が柄頭で刀子《とうす》を叩き落したときには、竹林の中へと逃げ込む後ろ姿が見えるばかりだった。

「陽一郎。良くやった」

「ありがとうございます。ですが、逃がしてしまいました」

「捨て台詞も残さず、脱兎のごとく逃げたな。あれは修羅場に慣れている者だ。深追いすれば余計な損害を被っただろうよ。今は、あれで良い」

命の奪い合いにおける心構えは、常に考えているつもりであったが、頭で想像したものと実際では違うのだと見せつけられた思いだ、と陽一郎は独りごちる。

こんな様で護衛など務まるのだろうか、と。

ほどなくやってきた町方の役人たちに説明をした陽一郎は、お琴の強い勧めで彼女の家である理京屋へと向かうことになった。傷の手当ても兼ねて、何かお礼をとのことだ。

「義父上は……」

「気にせずとも良い。お琴さん……と言ったね。陽一郎を頼んだよ。今日は家に帰さずとも良いからね」

「まあ」

慌てる陽一郎に背を向け、政頼は手をひらひらと揺らしてさっさと家に向かう。陽一郎はその背中を見遣り、軽くため息を吐いた。

陽一郎には帰ると告げた政頼だったが、それは単なる振りであった。

陽一郎や役人たちが去るのを待ち、襲撃場所の近くで腰を下ろして休んでいた政頼のところへ、一人の青年がやってくる。

「空閑さん……」

「弥四郎どの。いや、急に妙なことを頼んで悪かったね」

「とんでもない。……どうやら、お役に立てたようです」

「見つけたか」

やってきたのは、鹿嶋弥四郎だった。

政頼に頼まれ、浪人を尾行していたのだ。

政頼が陽一郎に深追いしないよう釘を刺したのも、浪人のねぐらを探るためだった。

「竹林をしばらく進み、清水川《しみずがわ》沿いをさかのぼると、古い小屋がありました。奴はそこに入っていきましたよ」

「……くくく、なるほどなぁ」

「どうかされましたか？」

急に笑い出した政頼に、弥四郎は首を傾げた。今の報告に変なところはなかったはずだが、と。

しかし、政頼にとってはおかしくて仕方がなかった。伝えられた小屋は、政頼がよく知っている場所だったからだ。

言うなれば、青春の場所だった。

「ありがとうな。あとはおれに任せておいて、できれば父上を呼んできてくれないか。……ここから先は、おれたち大人の仕事なのでな」

「はあ……では、急ぎ伝えてまいります」

一人残った政頼は、刀を掴んでぐらりと立ち上がった。

一度、二度と深呼吸を繰り返してから、竹林へと分け入る。

浪人を、始末するために。

お琴が浪人者に襲われたとき、政頼が居合わせたのは偶然ではない。

浪人者のことが気になっていた彼は、鹿嶋に調査を頼んではみたものの、やはり自分でも動いてみようと考えたのだ。

以前に遭遇した場所であれば、もしかすると再び出会うかもしれないから。

偶然なのは、弥四郎がそこにいたことだ。

「これは、どうも」

「ああ、弥四郎どのか。こんなところで、何をしているのかな」

「いやあ、恥ずかしながら、陽一郎のことが気にかかってしまいまして」

陽一郎を焚きつけてお琴を追いかけさせたのは良いものの、それから先が気になって仕方がなかった弥四郎は、居ても立ってもも居られずに追いかけてきたらしい。

お互いに遠慮がちな二人であるから、もどかしい気持ちがこらえられないのだ。

「今まではのんびり構えておりましたが、どうも先日の話を伺ってから気になってしまいまして」

「はは、それは悪かった」

「とんでもない。良い機会です。陽一郎にはもっと積極的になってもらいたいのは、わたくしも一緒ですから」

お琴の家である理京屋までは、ここから竹林を抜けることになる。

弥四郎はまともに追いかけては間に合わないと思い、思い切ってけもの道を通ってきたという。

言われてみれば、袴の裾にいくつもの葉が張りついていた。

「土までついて。よい歳をして、と御母堂に叱られるぞ」

「いやあ、追うことに夢中になってしまいました。それよりも、一つ気になることがありまして」

弥四郎は小さい頃にこの辺りの林が遊び場であったことから、竹林の中を通っての近道には慣れていると笑う。

あまり奥に行くと戻れなくなるので、町が見える範囲より奥には入ったことはないらしいが。

「林の奥に入ると、昼間でも薄暗くて怖かったのですよ。遅くなると母上にも怒られてしまいますから。いやしかし、久しぶりに林に入りましたが、昔に比べると木々の間が狭くて参りました」

「身体が大きくなったのだから、当然であろう」

そんな話をしているうちに、お琴と並んで陽一郎がやってきた。

弥四郎が「隠れましょう」と言うので脇道に入ってやり過ごすことにしたのだが、どうやら陽一郎はお琴ばかり見ているようで、とうとう政頼たちには気づかなかった。

「まったく、情けない」

「ははは、それだけ夢中なのでしょう」

二人はゆっくりと歩いていたので、政頼たちも急いで追う必要はなかった。互いに笑顔で穏やかな様子であったから、浪人者が現れたことに気づくのが遅かった。

やや離れたところで陽一郎が浪人者と対峙し、お琴が走り出したところで政頼は自分が出遅れたことに歯噛みした。

「奴が……！」

「何者かわかりませんが、わたくしが助太刀に向かいます！」

「いや、待て。頼みたいことがある」

浪人者はまだこちらに気づいていない。

位置関係としては政頼たちと陽一郎の間に浪人者が背を向けて立っている状態であり、どうやら浪人者は道の脇にある竹林から出てきたらしい。

やはりあの竹林の中に浪人者が使っている道なりねぐらなりがあるのではないか。

そう確信した政頼は、竹林に慣れているという弥四郎に浪人者の尾行を依頼したのだ。

「陽一郎はおれが助ける。いや、正確に言うなら二人で撃退してみせる。その時、逃げるあ奴を追ってくれまいか。気づかれぬよう、慎重に」

できるか、と確認した政頼に、弥四郎はわけもないと頷く。

「昔はいじめっ子からひっそりと逃げるのにもあの竹林を使ったものです。問題はありませぬ」

「では、頼む」

理由を聞かずにいてくれる弥四郎に感謝しつつ、小石を拾い上げてするりと踏み出した政頼は、充分に二人に近づく。

逃げを選択する程度には強く。昏倒せずに済む程度には弱く。

手裏剣術は武芸百般のうちでそれほど重要視されないと思われがちだが、武芸を修める者にとって投擲《とうてき》による攻撃が如何に有効であるかはよく知られている。

浪人者が刀子《とうす》を棒手裏剣のように使ったのも同じで、致命傷でなくとも重大な怪我を負わせることができ、尚且つ刀が届く範囲の外から攻撃できる点でかなり強い手だ。

本来の手裏剣でなくとも、雑手裏剣と呼ばれる周囲の適当な物を投げつける技術は、緊急時に役に立つ。

「あっ！」

と悲鳴をあげた浪人が、陽一郎との斬り合いを諦めて竹林に逃走したのは先の通りだ。

その前に陽一郎が見せた立ち合いは、政頼からすればまだ甘いと言えた。しかし生き残った。その点で充分に及第点であった。

手裏剣にも対処してみせたのは見事である。

そして陽一郎とお琴を見送った後、弥四郎が確認したという竹林の中にあるぼろ小屋の話を聞いた政頼は、竹林へと分け入ることになる。

「弥四郎どの。父上には『隠し道場』へ行けと伝えてくれたら話が早いぞ」

「隠し道場、ですか」

「君が竹林で遊んでいたのと同じように、おれも弥太郎も、あの竹林で遊んでいたのさ。ささ、時間はあまりない。言伝を頼んだよ」

弥四郎と別れ、昔を思い出しながら細い竹を踏み、太い竹を掴んで支えにしながら進んでいく。

「懐かしい、な」

弥四郎に言った通り、以前に政頼はここへ何度も通っていた。

当時の道場主であった師匠は基本に厳しく、若い政頼たちにとっては単調でつまらないと思える部分もあった。

他流試合などもってのほかで、道場破りが来たとき以外ではなかなか他の剣術を見る機会もなかったのだ。

そこで、あれこれと考えた当時の若い門下生たちは、道場外でこっそりと他流の研究を行うことにした。

竹林の中にあった、元は竹取りか何かの休憩場所だったらしい小屋を使い、他道場の様子を少しばかり覗いては、その技について語り合ったり、再現を試みたりする場所として使っていたのだ。

街中で堂々とやると、顔が広い師匠に筒抜けになってしまう可能性があり、それぞれの家では親から伝わってしまうと考えた、彼らの苦渋の策である。

「……やはり、ここか」

いつしか仲間たちが『隠し道場』と呼ぶようになっていたその小屋は、あちこち朽ちてはいたもののまだしっかりと立っていた。

うっそうとした竹林の中にぽっかりと開いた場所があり、その中央にひっそりと立つ小屋。当時は軒先に魚や大根を干しておいて、酒のあてにしていたのだが、今は皮を剥いで開いた蛇やウサギの肉が干されている。どうも、浪人者はここで寝泊まりしているらしい。

井戸もまだ使えるらしく、浪人者が水をかぶっているのが見える。

「見つけたぞ」

「また、お前か」

顔の水を手のひらで拭った浪人者は、傍らの刀を手に取り、迷いなく抜刀する。

乱暴に括った髪から水がぼたぼたと垂れ、裸の上半身に刻まれた夥しい傷跡をなぞっていく。

静かな竹林の中で、互いに視線をぶつけ合う。

「老いぼれめ。こんなところまで追いかけて……俺を殺すつもりか」

「手負いのわりに、元気は良いな」

「死にかけのじじいと比べるな」

陽一郎につけられた腕の傷に、浪人者は井戸水で洗ったさらしを巻いている。さらしに血が滲む。

政頼はゆっくりと刀を抜いて、右手でだらりと提げた。

対して、浪人者は左手に刀を持っていた。右手で振るうのは不可能なのか、何かを狙っているのか、と政頼は考える。

出血は多いようだが、傷そのものは浅い。政頼はそう見ている。

腕を振るうには痛みが伴うだろうが、必要があれば迷わず刀を使うだろう相手だ。

やらねば死ぬと判断すれば腕くらい捨てるだろう。

「ち……さっきの奴より厄介だ」

「ふふ、敵に褒められるとは、おれもまだ捨てたものではないな」

「だが、生き残るのは俺だ」

言葉を交わしながら、互いにじりじりと距離を詰めていく。

どちらも相手の動きを見ていた。

動き始めを見て、対応する。

かすかな動きで誘発を試みて、動かぬとわかると、また見る。

そして、互いの距離が一間にまで縮まった。

一歩の踏み込みで切っ先が届く距離。

たった一歩。踏み出して刀を差し出すだけで、相手を絶命せしむる距離。

そこで先に飛び出したのは、政頼だった。

「かあっ！」

「見えるぞ、ばかめ！」

吐き出すような気合と共に、政頼の右足が踏み込む。同時に刀を持っていた右手が掬い上げるように動いた。

明らかな片手逆袈裟斬り。

読めた、と浪人は左手の刀をくるりと返して下からの斬撃を押さえにかかる。

相手の刀を叩き落とし、返す刀で喉を斬り裂いてやろう、と。

「……あ？」

浪人の刀は空を切った。

刀を叩いた勢いを利用しようとしていた斬撃はそのまま地面を叩き、直後には驚きと焦りで顔が歪む。

浪人が視線を落とすと、そこには見覚えのある刀子《とうす》がざっくりと刺さっていた。

「うあぁっ！」

「読めた、と思わせるのも剣術よ」

刀を振り上げたと見せかけた政頼は、その実、刀を手放して地面に放り捨て、代わりに先ほどの襲撃現場で拾っておいた浪人の刀子《とうす》を投げていたのだ。

至近距離から放たれた刀子《とうす》は深々と刺さっていた。

いくら近距離とはいえ、視線を一切送らずに刀子《とうす》を命中させるのは驚愕すべき精緻さである。

「おのれっ！」

左足のみでの片足立ちでありながら、体重を乗せた一撃を入れる浪人の胆力は並々ならぬものがある、と政頼は認める。

認めるが、その刃が届くことはない。

充分に重い一撃ではあるが、政頼は持ち直した刀で難なく捌いてしまった。

「元気な奴め」

言いながら、政頼は浪人の足に刺さったままの刀子《とうす》を蹴り飛ばす。

声にならない叫びをあげて、浪人は地面に転がった。

「悪いがね、さっきの若造と違っておれは道場を離れて久しいのさ。あまり行儀の良い剣術遣いじゃあなくて、悪かったね」

「く、そ！」

地面に這いつくばりながら、浪人は遮二無二、脛斬りを狙う。

これを政頼はひょいと踏み込んで、手首を蹴り飛ばしてやった。

勢いのついた刀が、浪人の手を離れてすっ飛んでいく。

「さ、そろそろ疲れてきた」

そう言うと、政頼は浪人の後頭部を鞘で強かに殴りつけ、浪人は唸るように声を発しそのまま前のめりに昏倒する。

浪人者は、殺されなかった。

目を覚ましたとき彼が見たのは、先ほどの小屋の内装であった。

木の板を丁寧に張り付けた壁はところどころ隙間ができていたが、まだ充分にねぐらとして使える。

浪人者がここをどうやって見つけたかは不明だが、それなりに気に入って使っていたらしい。室内はすえた臭いが漂っていた。

「目覚めたか」

「老いぼれめ……」

「まだ悪態を吐く元気はあるか」

浪人者は、小屋を支える太い柱に縛りつけられていた。

柱に背中をぴったりと合わせて座った格好で、両手は柱に沿って後ろに曲げられ、腕の傷を押さえていたさらしできつく結ばれている。

「……殺せ」

「殺すとも。だが、その前に聞きたいことがある」

「俺が答えるとでも？」

「そうさな……。答える気になるにはどうするか考えているところだ」

藩士として出仕していた政頼だが、町方の御役目に就いたことはなく、犯罪者の拷問などはやったことがない。

何が効果的かは知らず、時折同僚から聞き及んでいた「やりすぎて罪人が死んだ」との話を思い出すと、あまり迂闊なことはできない。

どうにか小屋に浪人者を縛りつけたはいいが、困っていたのだ。

「ま、いいさ。首尾良くいけば、若い頃に町方をやっていた男がここに来る。噂に聞く責めでもやってもらうとしよう」

「殺せ」

「殺すと言っているだろう。だが、まだだ。……お互いに、もう侍と呼べない何かになってしまっているのだ。そう恨みがましく見るな」

ここにいるのは、剣に生きたとは言っても良いかもしれないが、侍の道からは外れてしまった二人だった。一つ間違えば、縛られて死を待つばかりになっているのは政頼のほうだったかもしれない。

「人生とは、ままならぬものだな」

鹿嶋を待ちながら、政頼は随分と薄汚れてしまった懐かしの『隠し道場』の中で、壁にもたれて座り込んだ。

酒と性の臭いが入り混じる、むせるような空気を吸って、大きくため息を吐いた。

鹿嶋弥太郎が来たのは、四半刻後のことだった。

「死んでいるかと思ったぞ」

そう言う鹿嶋弥太郎に起こされた政頼は、唸り声と共に身体を起こした。

鹿嶋を待っている間に、いつの間にか眠っていたらしい。ふと見ると、柱に縛りつけた浪人者はぐったりと力なく俯いている。

「遅い」

「これでも急いだのだ。まったく、息子まで巻き込みおって」

「弥四郎君は何一つ知らん。安心しろ」

「お琴の件といい、良いように使ったな」

「そういう言い方をするな。彼は良い子だ」

壁にもたれかかる姿勢で眠っていたせいか、腰に痛みがある。

ぎしぎしと錆ついたようなぎこちなさで立ち上がり、政頼は傍らに立てかけていた刀を腰に差した。

「まだ、名前も何も吐いていない」

「それなんだがな……」

鹿嶋は浪人者の前にしゃがみ、顔を覗き込んだ。

気づいているはずだが、浪人者はうなだれたまま黙っている。

「お前、からすと呼ばれているだろう」

静かに問われ、浪人者はぴくりと動いた。

「どうやら、当たっているようだ」

「鹿嶋、どういうことだ」

「お前からこの男について聞かれてから、人を使って調べていたんだが、そこであまり歓迎できぬ状況を知ったのだ」

鹿嶋は当初、浪人者は藤岡が雇い入れたか、側近が裏の護衛に使おうとしているのではと考えていたそうだ。

ところが、いくら調べても藤岡の周囲では、藩士を使った護衛を用意し、藩領内の視察に同行させる以上の動きは見えなかった。

奇妙に思った鹿嶋は、思い切って藤岡暗殺を指示した上役へと報告する。

「……他の老中が雇った殺し屋だった。藤岡伊織を殺そうと思っているのは、わしの上役だけではないらしい」

「狙いは同じ、というわけか」

「そうだ。藤岡暗殺だけではない。奴の死に乗じて藩内の実権を握ろうとの狙いまで同じだ」

吐き捨てるように言った鹿嶋は、立ち上がってからすと呼んだ男から距離をとった。

代わりに、政頼が進み出る。

「で、〝からす〟とやら。ま、本名ではなかろうが、名無しの権兵衛よりは気が利いている。何より、その黒ずくめの装束によく似合う」

政頼はからすの頭を掴み、真正面から顔を見据える。

大きな傷が入った顔は、よくよく見れば薄く隈があり、遠目に見るよりは老けている。年齢は三十そこそこといったところだろうか。

「おれはお前に対し恨みはない。余計なちょっかいをかけられたし、陽一郎に怪我を負わせたのは腹が立つが……すぐに治る程度であったし、何よりおれの考え通りに事は運んだ」

「あの、背の高いガキか……。甘ちゃんだったな。邪魔さえ入らなければ、俺がこの手で確実に殺していた。殺せていたんだ、お前の息子をな」

「息子、な」

そうではないと言いかけて、やめた。

「そうさな」政頼は一笑して刀を抜く。

「息子の邪魔になる。そしておれの仕事の邪魔になる。ついでに言えば、おれに襲いかかった。これくらい揃えば、まあ命を奪われるのも納得できるだろう」

「良いのか」

「今さら、何を」

からすを殺すつもりだと知った鹿嶋が、苦しげに声を出した。

対し、政頼は笑みを浮かべて返事をする。

「お前さんには悪いが、おれが侍ではなくなるための生贄になってもらう」

「侍か。元は俺もそうだった」

「そうであろう、な。お前さんの剣筋は悪くない。歴とした剣術道場で鍛えた腕だ。何があってこんな稼業に身をやつしているのか知らぬが」

政頼の目から見て、からすの剣術は喧嘩剣術のにおいこそ強いが、構えや足運びには長年繰り返してきた修練の成果が表れていた。

おそらくはどこかの藩士であったか、その子弟であったのだろう。

真面目に稽古を積み、ひとかどの侍になってから身を持ち崩したのか。それとも、なり損ねたのか。

「……もう、昔の話は忘れた」

「そうか」

嘘だと察しても、政頼はそれ以上問わない。

鹿嶋も小屋の隅で腕を組んだまま見ていた。政頼が今ここで侍ではなく殺し屋としてのけじめをつけるつもりだとわかっているから、邪魔はしない。

「一つ、詫びておく」

「気にするな。いずれこんな終わりが来るとは思っていた」

「そうではない」

天井の低い小屋の中である。

政頼は刀を振りかぶることなく、からすの喉元へ切っ先を向けて正眼に構えた。

「お前を利用させてもらう。お前の持ち物、お前がいたという事実を」

「好きにしてくれ。死んだ後のことなど、どうでも良い」

「助かる」

「……随分と斬った。これが戦場なら大名も夢ではなかったほどに人間を斬ったが、挙句、こんなぼろ小屋で間抜けな格好のまま斬られて終わるのか……まあ、腹を減らして死ぬより、斬られて死ねるだけましか」

ここを斬れ、と言わんばかりにからすは喉を見せるように顎を上げた。

細い喉がごくりと動く。

「さらばだ」

重い音はしなかった。

少なくとも、見ていた鹿嶋は「とん」と軽い拍子が聞こえただけであったのだが、からすの首がことりと落ちた。

縛り上げられたままの胴体はずるりと力なくうなだれたのみで、首だけが膝に当たり、政頼の足元へと届く。

「御見事。からすは苦しまずに逝けただろう」

「そうだな。正直に言って、うまくいって安堵している」

刃にうっすらと残った血を拭い、納刀した政頼は嘆息した。

人を殺したのは、初めてではない。その時もこの刀であったが、何合も刃を打ち合わせ、さらには骨に当たってしまいいくつもの欠けを作ってしまった。

だが、今回は一切の傷もない。

「政頼よ……いつの間に、それほど腕を上げたのだ」

「ここに来なくなった頃に、初めて人を斬った。その時にわかったのだ。おれたちが技を磨くのは、死闘を生き抜くためであり、功名を得るためであったが、同時に敵を苦しめないためでもあると」

「何があった」

「おいおい話す。それより、からすを弔ってやろう」

小屋の裏、広場の隅に深い穴を掘った二人は、どうにか陽が落ちる前にからすの埋葬を終えた。

墓碑も何もない墓だが、野ざらしになるよりは良かろうとの思いだった。

政頼自身は自覚していなかったが、内心で自分もこの程度には綺麗に終わりたいとの思いもあったかもしれない。

いずれにせよ、殺し屋の始末としては立派である。

「事の始まりは、浪人者から飲み屋で絡まれたことだ。憶えているか。道場の近くにあった芋酒屋を」

「忘れるものか。あそこで泥酔して怒られるのは門下生の伝統のようなものだ。なくなってもう随分と経つな」

「父から家督を譲り受けて一年経つかどうかという頃だな。道場での稽古後に自分の稼ぎで酒が呑めるのが楽しくて仕方がなかった」

政頼は、若き日のことを思い返す。

その頃、城下のはずれに芋料理を肴に酒を呑ませる小さな店があり、そこは門下生たち若い武士も町人も、気軽に入る安い飲み屋であった。

ある日、稽古を終えて一人のんびりと里芋の煮っ転がしを突きながら冷や酒を呑んでいた政頼に、泥酔した三人組が絡み始めた。

あまり派手に騒ぐのを好まない政頼は適当に流していたが、それが気に入らなかったのか、最初はけらけらと笑っていた浪人たちはいつの間にか怒り顔になっていた。

「芋酒屋の主人は浪人連中をなだめようとしたんだが、手がつけられなくてな。致し方なしに、適当に店の外へ放り投げておいたのだ」

「三対一で、か。大した連中ではなかったのだろうが、若い頃のお前はすさまじいな」

「簡単な極め技を使っただけだ。店の主人には迷惑かと思ったが、感謝はされたよ。その後はのんびり呑めた」

だが、政頼の予想に反し、浪人どもは帰ったわけではなかった。そもそも帰る場所があったのかも不明だが。

当時のことを、政頼はゆっくりと話し始めた。

その夜、飲み屋からの暗い帰り道。提灯も持たず月明りを頼りに歩く政頼は、背後から何者かが尾けてくることに気づいていた。

酒は入っているが、感覚が鈍るというほどではない。足取りはしっかりしている。

腰の刀を確かめるように掴み、すぐに考え直した。

「よもや、斬り合いなどにはなるまい」

よほどのことでもなければ、刃傷沙汰など発生しないのが泰平の世というもので、斬り合いなど政頼自身も見たことがない。

喧嘩であっても殴り合いで終わるはずで、まさか人を斬ることになるとは思ってもいなかった。

ところが、政頼の考えは否定されることになる。

「……正気か、手前ら」

件の三人組。

そのうち二人が行く先に立っていたのだが、驚くことにどちらも抜き身を右手に提げていたのだ。

ちらりと背後を確認すると、もう一人がこれも抜刀している。

「よくも恥をかかせてくれたな」

「違う。お前らが自分で恥をかいただけだ」

　この状態でも、政頼は刀に手をかけていない。

　自分が戦以外で人を斬るなど思ってもみなかったし、斬られることもまた、想像ができなかったからだ。

　周囲は民家が並んでいるが、灯りを灯している贅沢な家は見当たらない。すぐ近くには荒れ果てた寺がある、なんともさびれた街並みであった。

「覚悟！」

「ええい、卑劣奸どもめ！」

　迷った末に、政頼は近づいてきた浪人たちを避けるように走り、崩れた塀を飛び越えて、廃寺の敷地へと飛び込んだ。

　草を踏み、ごろりと転がった墓石を飛び越え、本堂の正面、広い場所へと向かう。

　墓石に躓いたであろう声が背後から聞こえたが、振り返らずにひたすら走り、自分が立ち回りやすい位置をどうにか確保した。

　そこは墓地と本堂の間、やや開けた場所である。多少の石くれや雑草はあるが、蹴躓くほどの障害物はない。

　肩で息をしながら振り返ると、同じく荒い呼吸の三人組の姿があった。

「馬鹿め。狭いところに入るかと思ったが、余計に囲みやすい場所を選びよったか」

「囲みたければ、囲めば良かろう」

連中の兄貴分と思しき男が嘲笑う。

他の二人に比べて頭半分は背が高い男で、肩幅も大きい。政頼と比べてもやや見上げるほどの体格だ。

他の二人は細身である。痩せた腕は力もさほど強くなさそうであるが、刀の使い方はわかっている様子だった。

「抜け。膾《なます》にしてやる」

「お前らのような輩を斬りたくはない。刀が汚れる」

「ほざけ！」

刀に触れていないことから居合の類はないと踏んだのか、大上段に構えてぐいぐいと押し込んでくる浪人に対し、政頼は退かず、前へ出た。

「死ねい！」

稲妻のような斬り込み。

政頼はこれを器用に避け、浪人の横を通り過ぎた。

「なにっ！」

「ぐあっ！」

政頼の狙いは取り巻き連中であった。

剣戟《けんげき》を避けた政頼は、そのままの勢いで一人の取り巻きを殴り倒し、もう一人の股間をしたたかに蹴り上げた。

いずれも、しばらくは動けまい。

「これで一対一となったな」

「だからどうした。こいつらは大した腕もない俺の腰巾着だ。所詮は食い詰め浪人どもよ」

「食い詰め浪人は、お前も同じだろうに」

一人は昏倒し、もう一人は低い声で唸ったまま海老のように丸まっている。これを一瞥もせずに浪人者は鼻で笑った。

「違うな。こいつらと違って、俺には無双の剣の腕がある」

自慢げに語る浪人は、再び大上段に構えて距離を詰めてくる。

政頼は、円を描くように距離を保ちながら、じっくりと観察をしていた。

大言壮語、と片付けられるほど剣術が拙いわけではない、と相手の力量を推し量る。

無双は言いすぎだろうが、なるほどそのあたりの侍であれば相手になるまい。

しかし、政頼は勝てない相手ではないと踏んでいた。それはつまり、政頼が相手を斬る。殺せるということだ。腕前という意味では。

だが、心情としてはどうか。

迷う間にも、浪人から二度、三度と叩きつけるような剣戟《けんげき》が奔《はし》る。

これを退いて退いて、避けつつ動きを見ているが、政頼が再び懐に飛び込むのは難しいようだった。

「お前が抜かずとも、俺は構わずお前を殺すぞ。刀も抜かずに斬られるなど、武士の風上にも置けぬ、と死体の検分に来た連中に笑われるだろうよ」

「侍ならば、抜くべきときを知っているはずだ」

「そうだ。それが今ではないか。もっとも、抜いたからと言って振ることもままならぬうちに斬り捨てられたとなれば、それはそれで恥だがな」

浪人者がじろりと睨《ね》めつけた先は、未だ悶絶している取り巻き連中だった。

どちらも意識はあるようだが、立ち上がることもままならぬ二人は、「助けてください」と情けなく呻いていた。

「助けろだと。壁役にすらならぬ屑どもめが、いずれ手伝い程度の使い道があるかと思って連れ回していたが、こうも役立たずでは飼っている意味もないな」

「や、役立たずとは……あっ」

浪人者の動きに、戸惑いはなかった。

嘆息しながら、逆手に持ち替えた刀でぐさりと取り巻きの一人を貫いたのだ。顔には虫を潰したかの如き嫌悪が浮かんでおあり、悪びれる様子はまったくない。

「貴様、何を……！」

目の前の光景に戸惑っている間に、政頼の目の前で虐殺は続く。

「ひぃ……ぎゃっ！」

もう一人、股間を蹴られて腰が砕けている男に対しては、大上段からの面打ち。地響きが起きるかと思うほどすさまじい勢いで叩き落とされた刃は、頭の半ばまでを一息で断ち割っている。無論、即死であった。

あっという間に二人が殺害されたのを目にして、政頼は硬直していた。

これほどに直接的な人間の悪意、殺意を初めて見た。殺害を言葉では聞いていても、実際に目の前で行われたのは初めてである。ぷんと漂ってくる血と臓物の臭いに、胃の奥底からこみ上げてくるような嫌悪。人の心を持たぬ者に対する恐怖心が湧き上がり、指先が震えた。

「もとより、俺一人ならばこの剣の腕でいくらでも士官が叶うのだ。どうも見る目がない連中が多く難儀しているが、やはり余計な荷物はないほうが良い」

「……違うな。大きな勘違いだ。どこの藩を巡ったかは知らぬが、取り立てられぬ原因は、お前自身にある」

「怯懦《きょうだ》に震える小役人風情が、偉そうに」

確かに震えていたが、左手は鞘を押さえると同時に、右手は柄を握ると同時にぴたりと止まった。

鯉口を切り、しゃらりと刀を抜く。

「必死の抵抗を試みるか。おもしろい」

「おれが間違っていた。お前はここで斬らねばならぬ」

もっと早くそうしていれば、二人は死なずに済んだかもしれない。せいぜい町方に捕らえられて数日の留置で解放され、ひょっとすると悪縁を断ち切る良い機会にできたかもしれない。

政頼の責任ではないとは彼自身理解しつつも、人を斬りたくない、斬らずに済むならば、との無用な遠慮が二人の命を失わせたとの思いは強い。

斬らねばならぬ。

この荒れ果てた墓地が、政頼の戦場なのだ。

「……来い」

右八相に構えた政頼の全身に、熱い血脈が巡る。

鍛え上げた肩の筋肉がはちきれんばかりに緊張し、分厚い胸板がはやる心臓を押さえているかのように脈打つ。

月の光に白刃が光り、冷たい殺意を煌めかせた。

――政頼はこの日、初めて人を殺した。

「おれは、結局その浪人者を斬ったよ」

「で、あろうな。でなければお前はここにいない」

確かに、と政頼は竹林を抜けたところで、夕暮れに染まる顔で笑った。

つい先ほどからすの遺体を始末した二人はあちこちに土を付けており、小屋の汚い布で粗方は拭い取ったが、明るい道に出て互いの姿を見合って苦笑いをしてしまった。

「これはいかんな。こうも汚してしまっては、妻に怒られてしまうぞ」

「転んだとでも言っておけ。何もなくても足がもつれる歳だ」

「それはそれで叱られるのだ。侍としてなっていない、とな」

「叱ってもらえるだけありがたいと思え」

「そうなんだがなあ」

愚痴をこぼしながら歩く。

竹林に囲まれたこの道を共に歩いたのは、一体何十年ぶりだろうか。

あのぼろ小屋は、もう遠い記憶だが、政頼や鹿嶋弥太郎にとって青春の背景なのだ。

そこに新しく、また苦い思い出が上書きされた。

「政頼」と、人通りの絶えた道でやや先を歩く鹿嶋が立ち止まった。しかし振り返らずに問う。「その浪人斬り、後悔しているのか」

考えたこともなかった、と政頼は鹿嶋に説明した浪人斬りについて思い返す。

あの時は、悪党は退治せねばならぬ一心であり、やらねばやられる状況であったのは間違いない。

行動そのものを間違いだったとは思っていない。

「……後悔、している」

今になって思えば、選択肢は他にもあったのだ。

浪人との実力は伯仲。他の二人も腕前は大して脅威でなくとも、武器を持っている敵であることには変わりない。

しかし、完全に退路を塞がれたわけではなく、遮二無二走れば番所に駆け込むことはできたはずだ。

「おれは戦うことを選んだのだ。そして無様に勝った。悪事に見合うと言っておけばおれにとって救いはあるが、奴は決して楽には死ねなかった」

浪人は強かった。

何合も打ち合い、政頼は左手の甲や右腕、左足に浅いけれど傷を受けた。

浪人者はもう少し深手であり、相変わらずの大上段から力押しの強引な剣を、政頼を殴りつけるように振るっていたが、しばらくしてその勢いは弱まった。

血を流しすぎたのだ。

「四半刻くらいはやり合っていたが、とうとう膝を突いた浪人は、今のおれのように苦しげに呼吸をして、恨みがましく睨んでいた。斬った本人であるおれが言うのも変だが、何とも哀れな姿だった」

「戦場では、血を流して疲れ果てた者など珍しくないと聞いたが……」

「戦場であれば、な」

政頼はその時、せめて一太刀にて楽にしてやろうと思ったと言う。

当時を思い出し、渋い顔をした。それは油断であったからだ。

浪人者は諦めていなかった。首を狙って八相のままにじり寄った政頼を目がけ、最期の力を振り絞って刀を投げつけてきたのだ。

どうにか避けたものの、わき腹を浅く裂かれてしまい、痛みに手元が震えた。

「今思い返しても、あれほど無様な一撃は後にも先にもなかった。踏み込みは半端で、揺れる手元で繰り返した首への正面斬りは、刃筋が立っていない上に骨を殴りつけた」

「それは……」

鹿嶋は顔をしかめた。

刃筋が立っていない、とは刀が進む方向に対して刃が傾いているということで、当然まともに斬れるわけがない。

半端な傷を負わされた上に、首の骨を強かに殴りつけられたのだから、かなりの痛みであったのは想像に難くない。

「おれは、気づかぬうちに泣いていた。情けないやら申し訳ないやら、自分がどうしようもないへたくそに思えてな」

ぼたぼたと涙をこぼした政頼に、浪人は「もういい。さっさとやれ」と呟いて、うつ伏せのまま目を閉じた。

そうしてようやく一呼吸、多少なりに冷静になれたことで次はうまくやれた。

「しばらくは首の前に座り込んで、ぼんやりしていた。ほどなくして誰かが近づいてくる気配があったから、逃げたのさ」

「思い出した。誰ともわからぬ死体が三つも見つかって騒動になったことがあったな。あれはお前の手によるものだったのか」

その後、事件に関しては町方が動き、二人の腰巾着の刀傷と浪人者の刀が一致したため、流れ者同士の斬り合いであると片付けられてしまった。

三名ともどこの誰かがわからなかったせいで、町方もあまり熱心には捜査しなかったものと思われるが、それが政頼を救った。

無縁仏として供養されたようだが、どの寺なのかは政頼も鹿嶋も知らない。

「しかし、お前も怪我をしていたのだろう。よく家に帰れたな」

「……帰らなかった」

「ああ、勢庵どののところか……いや、あの頃はまだ医術を学び始める前だったか」

「どこでも良かろう」

血を流してふらふら歩いているところを、今の理京屋の後妻であるお豊が飲み屋帰りに見つけて、甲斐甲斐しく介抱してくれたのだが、その後のことが人に言えるようなものではなかった。

蒸し返して、幸福な日々を暮らしているお豊に迷惑をかけるわけにもいかない。陽一郎と良い仲であるお琴の母親でもある。

そこではたと思い至った。

このまま順調に話が進めば、お豊と親族になるのだ。

「どうした。思い出に浸りすぎると、早死にするぞ」

「いや……墓まで抱える秘密を一つ思い出して、早々に出奔したくなっただけだ」

「何を言う」

鹿嶋は鼻を鳴らして「出奔などと言うな」とぴしゃりと返した。

「お前は湯治に出るのだろうが」

「だが……」

「結果がどうなろうと、旅路にある友の帰りを待つ気持ちくらいは、わしのために残しておいてくれ」

「……そう、だな。では、おれにも旅の空で友を思い出すことを許してくれ」

「当たり前だ。悪い友ほど忘れられぬはずだからな」

「まったくだ。まったく悪友だ。本当に」

家まで送ろうかと言われたが、政頼は断った。

ゆらゆらと分かれ道を進む自分の背中に、鹿嶋の視線が届いているのを最初の曲がり角まで感じていた政頼は、歳をとって感傷的になってきたのか、涙腺が緩むのをこらえて、久方ぶりに人を斬った刀を撫でる。刃こぼれはないだろうが、手入れは必要だろう。

のんびりと、見慣れたはずの景色を懐かしげに眺めて四半刻も歩くと、家にたどり着く。

長屋のいくつかからは灯りが漏れており、政頼の家も同様だった。陽一郎は帰ってきているらしい。

呼吸を整え、顔に殺伐の残り香がなければ良いがと思いながら戸を開いた。

「お帰りなさいませ。その後は大丈夫でしたか」

「問題ないよ。それより、怪我の具合はどうだ」

「私も問題はありません。明日の稽古もできますから、どうぞいつも通りによろしくお願いいたします」

怪我をした腕を振って健在であると主張する陽一郎の表情は明るい。

なぜだか亡き妻や娘の明るさを思い出す。

貧しい暮らしではあったが、母娘揃って何かと冗談を言い合うのが好きで、政頼はころころと笑っている二人を近くで眺めているのが好きであった。そこに政頼自身が入り込む必要はなかった。ただ二人の存在が家にあることが幸せだった。

ああなるほど、と政頼は刀を片付け、汚れた袴を脱ぎながら思った。この明るさの記憶があったから、自分はあの浪人たちのようにならなかったのだ。

「陽一郎よ」

「はい、なんでしょう」

冷めた飯に湯をかけ、手伝いの婆さん手作りの大きな梅干しを放り込む。草臥《くたび》れて胃も動かぬから、と政頼は夕餉を軽く済ませることにしたのだ。

分厚い果肉を齧ると、ぎゅ、と口の中を引き締める酸味が広がり、湯でほぐされた米で洗い流すと、如何にも爽やかな心持ちになる。

「お琴ちゃん自身が良いと言うのであれば、彼女と一緒になりなさい」

それが必ずや陽一郎自身の人生を良いものにする。政頼は確信を持って言える。

「あの子と一緒に、空閑家を次の代へと継いでおくれ。それだけが、おれの願い……いや、頼みだ。どうか、伏してお願いしたい」

「ああ、義父上。どうか面《おもて》を上げてください。私も空閑家の主となってからずっと、そのことを考えているのです。どうか、どうか」

顔を上げた政頼に、陽一郎は自分からも伝えたいことがあると言う。

「あの後、理京屋さんで手当てをしていただきまして、お琴のご両親からも是非にとの話がありました」

「そうか、そうか。ありがたいことだ」

「特に女将さんが空閑政頼どのの息子なら、と太鼓判を押されまして、ご主人も納得されたのです。……義父上、女将さんはお知り合いとのことでしたが、この上なく信頼されておりますね」

自慢の義父であると言いたげに言葉を弾ませる陽一郎に、内心で冷や汗をかきつつ余計な話はしていないらしいと安堵もする。

それにしても、お豊も政頼のことを忘れたわけではないらしい。それが嬉しいような怖いような、複雑な心持ちだった。ついさっきまで妻子のことを思い出していた脳裏に、それ以前のお豊とのあれこれが浮んでしまう。浮気をしたわけではないのに、どうも居心地が悪い。

政頼は空になった茶碗に梅干しの種を吐き出し、箸を置いた。

「どこまで話が進んだのだ」

「祝言の期日まで決められそうになりましたが、そこは義父上にご報告と許可を頂いてからでないと、と」

「何を。おれは許さぬなどとは言わぬよ。それに、この家の主は陽一郎、お前だ」

「すみません。これは言い訳に過ぎませぬ。……例の御役目が気になりまして」

御役目を無事に果たし、城内での立場が定まってからにしたいと申し出て、まずは婚約のみにさせていただきたいと伝えたらしい。

お琴本人がそれで良いと言ったので、話はそこで終わり、手当てもそこそこに酒や食事を振る舞われて、少し前にようやく帰ってきたという。

話を聞きながら、政頼は陽一郎の気持ちもわかると思った。

空閑家に入る婿入りとは違う。嫁を迎えるにあたって、自分が何者であるかを定めておきたかったのだ。

「……では、なおさら御役目に一切の気の緩みがなきよう備えねば、な」

「ですので、どうぞご指導を引き続き、お願いいたします」

「わかった、わかった。そう念を押さずとも、大丈夫だよ」

「では、そろそろ休みましょう。油も安くはありませんから」

促されるまま布団に入った政頼は、行燈《あんどん》を吹き消した陽一郎に明日の朝はいつもより少し早めに始めようと言った。

「木刀は、もう良い。真剣を使う」

「それは……わかりました。では、おやすみなさいませ」

「おやすみ」

灯りのない長屋は暗い。

狭いが、この狭い長屋の一室が政頼の城であり、彼の人生で得た全てである。陽一郎に遺すにはどうも侘しいが、彼ならば長屋に収まることなく屋敷を与えられるような人物になるだろう。

武芸一辺倒であった自分とは違い、書き物も算盤もできるし、周囲に好かれている。これからの泰平の世でも、万が一にも世が荒れたとしても、結果は残すだろう、と。

「婚約か」

陽一郎に聞かれぬよう、口の中で小さく声に出す。

すでに譲ったはずの家督だが、いよいよ自分の手から本格的に離れてしまうような寂しさがある。

実際に、数日も経てば自分自身がこの小さな城を出て、二度と戻らないのだ。その後は、若い夫婦が新しい空閑家を築いてくれるだろう。そこからのことは、夫婦二人や、二人の周りの人々の助けでどうにでもなるだろう。

それにしても、若干憂鬱な問題が発生している。

御役目。陽一郎にとっては護衛任務であり、政頼にとっては藤岡暗殺の決行である。

それが終わらねば再婚しない、となれば、政頼は見届けられぬことになる。

だが、それはもとより覚悟していた。

より大きな問題は、昔に色々あった女性と、互いの子の結婚について挨拶を交わさねばならぬ点にある。

もちろん、やけぼっくいにどうのを期待しているわけではないし、互いに秘密にしておけば平和であるのは、お豊のほうも承知しているだろう。だが、いざ本人を目の前にして、自然に振る舞えるかは自信がなかった。

「もう、若くはないというのに。男というのは、どうも……」

殺伐の雰囲気に当てられて、政頼の中に眠っていた男の性が沸き上がったのだろうか。あるいは、久方ぶりにお豊に救われた日のことを思い出したせいか。病んでいても、心根に若さは残っているのか。

布団をかぶった政頼の脳裏に、若き日のお豊の、もっちりと指が吸いつくような柔肌が、滑らかな筆で描いたかの如く優美な曲線を描く肢体が、明々と思い出されていた。

それはまるで走馬灯のようである。

「マーラに悩まされる仏陀は、斯様《かよう》な気持ちであったのかな」

念仏を知らぬ政頼は内心で亡き妻に助けを求め、邪念を懸命に払いながらどうにかこうにか眠りについた。


真剣を手にした政頼は、刀を抜いて正眼、やや切っ先を下げた格好で立っている。

早暁のきらきらとした明るさが長屋の裏手であるこの場所にも届き始め、力みのない自然体そのものといった姿勢の政頼を絵画のように浮かび上がらせている。

陽一郎も同様に、しかしやや緊張した様子で刀を構えていた。

「ゆっくり、ゆっくり見せよう」

「お願いいたします」

「無明を使うには、目と身体のいずれも己の支配下に置く必要がある」

政頼が、ゆっくりと刀を振りかぶる。

それも左手のみで柄の端を軽く握り、刀の重さで振り下ろせば鋭く速い剣戟《けんげき》が相手の頭を叩き斬るだろうと思える動きだ。

右手は帯を押さえるようにそっと腰に添えられ、腰から進み出でる姿勢を美しく整えている。

「何が見えた」

「は……綺麗な片手上段であると」

「自分の腹を見てみなさい」

「あっ」

細い一本の針が、陽一郎の着物に突き刺さっている。

驚愕する陽一郎に、政頼は針を抜いてやりながら説明する。

「刀を振り上げたとき、同時に投擲《とうてき》したのだが、気づかなかったな」

「まったくもって……ですが、私の目には義父上の姿はしっかりと全身が見えておりました。そのような動きはなかったかと思うのですが」

「右手の指で弾いたのさ。ちゃんと見ていれば普通に気づくはずだが、人の目は意識していないものを〝なかったもの〟として勝手に認識するようにできている」

特に剣術に親しむ陽一郎にとって、政頼がやった動きは数百回と見てきたものである。

そして左手が握る刀の動きに意識が向きやすいのは当然のことで、腰に添えられた手は動かないと思い込んでいた。だから、政頼の右手は動かなかったように見えたのだ。

　だが、陽一郎にはまだ疑問があった。

「ですが、義父上の視線は私を捉えたまま動いていません。針を投げるにしても、狙いをつけるために視線が動くものではありませんか」

「普通なら、そうだな」

　無明の奥義はここにある。

　政頼は具体的な技についてはまだ秘するとしながら、その本質は先に伝えておくことに決めた。

　何より、残された時間が少ない。本来ならば技を見て、その動きを幾千回と繰り返して身体に憶えさせることから始まるのだが、そうは言っていられない。

「見えているものを疑い、見えていないものに気づく。目付については知っているな」

「はい。一点を見るのではなく、全体を。相手の全ての動きに気づき、対応できねばなりません」

「だが、今は対応できなかった。おれの身体は見えているが、細部を見ていない」

　針を投げる目標を見ることなく、一点に向けて当てることもこの応用である。

相手と自分を含めた空間全てを自分の意識の中に落とし込み、尚且つ自分の身体を正確に動かすことができれば、行動は想定の通りになる。

しかし、これが非常に難しい。

「実のところ、相手の動きを知る、把握する、理解するのは難しくはない。人の身体は動かせる部分に限界がある。そして剣術を修めているならばなおさら予想しやすい。もちろん、それを逆手に取ることもできる。先ほどのように」

「わかります。いや、わかるような気がします」

「今は、それで良い」

針を懐に収めた政頼は、再び三間ほどの距離にまで離れた。

「問題は、他者より自分の身体を思い通りに動かすことのほうだ。陽一郎、目を閉じてこちらに近づき、俺の右肩に触れてみよ」

「その程度、造作もありません」

刀を鞘へ戻した陽一郎は、目を閉じてゆっくりと一歩目を踏み出した。

二歩、三歩と進みながら左手を前に出す。

七歩目を踏み出した陽一郎は、義父の肩の高さはここだと自信ありげに突き出した手を軽く下ろした。

「はずれだよ、陽一郎」

「なんと……私は、確かに義父上のほうへと進んだつもりであったのですが」

左手は空を切り、右肩どころか政頼の身体に触れることもなかった。

目を開けた陽一郎は政頼に少し届かぬ場所までしか来ておらず、向きも少し左へと曲がっていた。

「自分では、一歩一歩まったく同じ距離を、踏み出していると思っている。ただまっすぐ歩くだけならば、難しくないと考えている。だが実際は、目で見た景色を頼りにして、少しずつ自分の動きを整えているのだ」

だからこそ、人は暗闇で惑う。後天的に視力を失った者は先天的にそうである者に比べて、道をただ歩くことすら難儀する。

「……続きは、今日の夜に家でやろう。さ、出仕の時間が近いだろう。行きなさい」

「ありがとう、ございました」

「今日も道場に行くのだろう。お琴ちゃんとのこと、道場主に伝えておくんだよ」

「はい、わかっております」

返事はしっかりしているが、陽一郎は今の稽古について頭がいっぱいになっているらしい。嘆息と共に政頼が陽一郎の月代《さかやき》をぴしゃりと平手で叩いた。

「これ。そうやって意識がひとところに留まるのが良くないのだ。それに、城での仕事に手を抜くでないぞ。稽古に没頭した結果、御役目から外されたとなれば本末転倒であろう」

「も、申し訳ありません。では、失礼します」

「ああ、行っておいで」

急いだ様子で仕事に向かった陽一郎だが、まだ頭の中の半分くらいは政頼に言われたことでいっぱいの表情だった。

この分だと今日は仕事に身が入らぬだろうと苦笑いして、政頼は家に戻った。

さっさと味噌汁かけ飯を食べて朝餉とし、人心地ついたところで土間に座り、桶に水と砥石を用意する。

そして、刀子《とうす》を取り出して砥ぎ始めた。

刀子《とうす》は刃渡り三寸ほど。これは例のからすの遺品から失敬したものだ。

爪を切ったり何かを削ったりと便利な道具だが、からすがやったように暗器として使うこともあるもので、侍の中には刀の柄に仕込む者もいる。

これを拾い上げた政頼には一つの考えがあったのだが、その前に手入れをしておくことにした。

「錆だらけではないか」

からすは道具の手入れをまめに行う人物ではなかったようで、諸刃の刀子《とうす》はところどころに錆が浮いており、刺さりはするが切れ味はなまくらの一言であった。

水をかけた砥石で、まずはざっくりと砥ぐ。

錆が削れて落ちるのを、水をかけて流し、また砥ぐ。

ほんの少し短くなってしまったが、輝きが蘇るまで砥ぎあげた刀子《とうす》を、砥石を替えてさらに砥ぐ。

しゃり、しゃり、と小気味良い音とは対照的に、政頼の息は荒い。

姿勢のせいもあるが、ここ数日の戦いや移動は、病み衰えた身体を確実に弱めているのだ。

呼吸ができず七転八倒するようなことはないが、時折震える指先を揉みながらの作業はもどかしい。

「こんなものだろう」

見違えるほどに美しい刃を取り戻した刀子《とうす》で、政頼は試しに自分の髭をあたってみた。ちりちりした感触はあるが、刀子《とうす》の刃は肌を傷つけることなく、政頼の無精髭を綺麗に剃り取っていく。

右頬を済ませ、刀子《とうす》を濡らして、左頬も剃りあげる。

わずかな時間で、政頼の顔からすっかり髭が消えた。

「……これは、良いな」

不意に、刀子《とうす》を投げる。

軽い音を立てて土間の柱に当たった刀子《とうす》は、大した力も入れていないというのに、しっかりと突き立った。

満足げに頷いた政頼は、行水で身体を清め新しい着物に袖を通すと、柱の刀子《とうす》を回収して家を出た。

理京屋へ挨拶に行くのだ。

薬種問屋の理京屋との繋がりは、政頼が道場に通い始めた頃から始まった。

稽古で怪我をしたときには薬をもらえたし、傷や打ち身によく効く薬を父のためにと買い求めたときも、随分と安くしてくれたものだった。

先代の道場主と理京屋の主人が親友であるからとのことだったが、詳しくは聞いたことがない。

「思い返せば、勢庵が医者になったのも理京屋の勧めと手配り、口利きがあってのことであったな」

次男坊であり、長兄が家督を継いだのだが婿に行くあてもなかった若い頃の勢庵は、理京屋に医者としての道を勧められ、弟子入り先を紹介してもらった過去がある。以来、勢庵が独立して医者として仕事を始めてからの主な薬の仕入れは理京屋からと決めているらしい。

政頼が先日もらった薬は、おそらく別の伝手《つて》であろうが。

あれこれと考えながらゆるゆると歩くこと半刻。古くからの商家が立ち並ぶ通りに出ると、政頼は一軒の薬種問屋の前で立ち止まった。

「……しばらく来ない間に、随分と立派になった」

親戚の子に対するような感想を漏らしているが、彼が見ているのは理京屋の店構えである。

例の竹林の道を悠々と通り過ぎ、理京屋へやってきた政頼は、十数年ぶりに目にする理京屋が建て替えられているのを初めて知った。

以前はもっと小ぢんまりとした佇まいであったのが、今や大店《おおだな》と言って差し支えない風情を湛《たた》えている。

「御免。拙者、空閑政頼と申す者で……」

「あらまあ！　くぅさんじゃないの！　久しぶりだねぇ！」

店に入り、近くにいた番頭に声をかけたのだが、番頭が返事をするよりも早く、甲高い声が文字通り飛んできた。

以前より少しかすれて聞こえるが、耳に響く、よく通るこの声を政頼は憶えている。目を向けると、思った通りお豊が立っていた。

「久しいな。今やここの女将として立派に……」

「堅苦しい挨拶なんていいじゃないの！　ささ、さ、ほらこっちに上がってらっしゃい。これから親戚になろうってんだから、遠慮なんていらないからね！」

「いや、まずはご主人に」

「あの人は奥にいるし、すぐに呼ぶから。こちらは大事なお客様ですからね。足洗桶を持ってきて頂戴。そうだ、誰かお菓子屋さんに走ってきてくれないかい」

急に来るものだから、何も準備していないと言いながら、お豊は店の者たちにあれこれと指示を飛ばし、自分もてきぱきと動いている。

思考も動きも早く、きりっと張りのある動きは昔と変わっていない。

自分だけが歳をとったように感じて、政頼は刀を番頭に預けると、促されるまま足を洗い、店の奥へと進んでいく。

「まさか、くぅさんと縁続きになるなんて、ねぇ」

「その〝くぅさん〟は止めてくれないか。おれももう、若くはないのだ」

「照れなくて良いよぅ。主人にはくぅさんのこと、説明してあるから大丈夫」

「おい、それは……」

「安心おしよ。〝男の恥〟は隠してあるよ」

とても安心はできぬ言い回しだが、ひとまずは理京屋の主人に会うことが肝要であり、今後を頼んでおきたい。それ以外は過去のことであり今は不要なこと、と脇に追いやる。

通された部屋は綺麗に掃除された八畳間であり、開け放たれた障子から、色づき始めた紅葉と美しい庭が臨めた。

気の早い落葉がいくつか、青々とした苔の上にそっと横たわっている。

「酒……はやめたほうが良いだろうね」

「気を使わせて、申し訳ない」

「良いのよ。ここまで来るのも大変だったろうに。先に言ってくれたら迎えの駕籠を向かわせたのにさ」

「いや、最近は勢庵のおかげで多少は楽なのだよ」

「ああ、勢庵先生の。そう、なら安心ね」

茶菓子がすぐに届くから、とお豊は政頼の近くに座った。

結い上げたうなじから、ほのかに甘い香りが漂う。政頼の知らぬ香りだった。

以前より腰回りが豊かになっていたし、輪郭は少し丸みを帯びていたが、陶磁器を思わせる肌は変わらず、ほんのりとした赤い口紅が艶めかしい。

そんなお豊が、政頼をじっと見ている。

「……何か、顔についているか。失礼のないよう、髭は丁寧にあたったつもりだが」

「ううん。そうじゃない。くぅさんは若い頃と変わっていないなって」

「何をばかな。肉はすっかり落ちて痩せ細った、病み翁を捕まえて言うことではあるまい」

「あたしもすっかり歳をとったけど……くぅさんの雰囲気は、あの頃のまんまだって思ったのさ。まるで真剣がギラギラと周りを映しているみたいな」

政頼は察した。お豊が言う「若い頃」とは、政頼が初めて人を殺した頃で、最も剣術に対して、人を斬ることに対して病的なまでに悩み、鍛えていた頃だ。

その時に比しても変わらぬ雰囲気であると言っているのだから、お豊は人の見た目ではなく、内心を見透かしているのかもしれない。

「老境にあって、若い頃のように滾《たぎ》っているのは否定しない」

「何があったか知らないけれど……大丈夫、なのよね」

「迷惑はかけぬ。……いや、おれ自身の末期《まつご》については迷惑にならぬよう手配をしている。今日伺ったのは、他でもない陽一郎のことだ」

じっと注がれるお豊の視線から目を逸らしてしまったが、思い直して真正面から見つめる。

昔ならば、互いの視線には情愛も含まれていた。しかし今は、互いに純粋な気遣いでもって相手を見ている。

はじめは緊張していた政頼だが、ほどなく温かい交流に変わった。

「……変わらないな。好い女で、良い母になった」

「でしょう。くぅさんも、立派な父親ね。お侍は偉そうにしていて中身なんて空っぽの人が多いのに、こんなふうに自分から町人の家を訪ねて来てくれるんだもの」

「ご主人は、良い人なのだな」

「最高の旦那様よ。もうすぐ来るだろうから、確かめてみなさいな」

来て良かった、と思う。

まだ本題には触れていなかったが、それでも政頼は自分の人生に鮮やかな色彩があったことを確認できた気がして、嬉しかった。

「どうもお待たせいたしまして、申し訳ございません」

「いや、こちらこそ突然の訪問、迷惑をかけて申し訳ない」

政頼と理京屋の顔合わせは、互いの謝罪から始まった。

道場に通っていた頃から見知ってはいるが、政頼からすれば師匠の友人であり、自分のみならず同門の者たちが世話になっている商家の主である。道場を離れるまでの間、親しく言葉を交わしたことは、ついになかった。

顔を合わせれば挨拶もするし、世話になれば礼もするが、それだけである。

「早速、陽一郎とお琴さんのことで……」

「まあまあ、あまり話を急いてもいけません。聞けば、病身をおして歩いてこられたとのこと。まずはゆっくり休んでいただいても……」

「いやいや、茶の一杯を頂ければ充分。何より、忙しい理京屋どのの御手間をとらせるのは、忍びない」

「縁が繋がるお話なのです。手間などとは思いませんよ」

ほどなく、茶菓子が届いたと席を立っていたお豊が入ってきた。

遠慮なくどうぞ、と置かれた盆の上には、淹れたてのお茶と共に、可愛らしい練切が二つ、皿に並べて置かれていた。

茶の作法など知らぬ政頼は少し迷ったが、今さら取り繕うこともなかろうと漆塗りの菓子楊枝を手に取った。

「む……これは」

「御口に合いませんでしたか」

「いやいや、とんでもない。これほど美味い、甘い菓子は何十年ぶりかと、驚いてしまっただけで」

「ふふ、おかわりもあるから、遠慮しないでね」

お豊が笑うと、隣の理京屋も朗らかな笑みをこぼした。二人とも似ている、と政頼は練切をゆっくりと味わいながら安心していた。

理京屋はやはり良い人物であるらしい。

そして、上質な白あんの甘さに自分の心配事を思い出した。

「拙者……いや、おれは武士ではあるが大した功名がある家柄でもなく、斯様《かよう》な菓子を食うこともままならぬ貧乏侍であり、家督を継いだ陽一郎もまた同じ。ゆえに……」

「そのことは、陽一郎さまと話しましたよ」

「陽一郎が……」

「偉そうに言わせていただければ、あの御方は素晴らしい青年ですね。包み隠さず御自身の状況を話してくださり、後妻となるお琴には苦労をかける、と正直に言われました」

長屋暮らしで、食べるものも今よりずっと貧しくなるのは間違いないし、炊事などの家事も自分でやらなくてはならなくなる。

頭ではわかっていたとしても、実際にそんな生活が続けば嫌になるかもしれない。

だが、それでも陽一郎はお琴と共にありたいと言ったらしい。

「隣で聞いていて、こっちの顔が熱くなるくらいだったよ。ねぇ、旦那さん」

「いやまったく。若いというのは良いことですね」

お豊も理京屋も、その時のことを思い出したのか頬を赤くしている。

政頼も、恥ずかしいやらよくやったと褒めたいやら、よくわからないまま顔が熱くなるのを感じた。

落ち着こうと、残り半分の菓子を食べ、茶を飲む。

濃く、渋みの強い茶が爽やかに茶菓子の甘みを洗い流してくれる。

「お琴は、了承しています。……政頼さまとの同居についても、ちゃんと理解しておりますよ。以前から、あの子は陽一郎さまのことをよく話しておりました。その時に、政頼さまのことも少し」

「目の上のこぶ、でしょうな」

「とんでもない。陽一郎さまは……」

理京屋が話そうとするのを、政頼は手を差し出して止めた。

意識してやった動きではないが、数瞬遅れて、自分があまり陽一郎からの評価を聞きたくないのだと気づく。

たとえ、それが良い評価だとしても。

「おれは、自分の人生にさほど後悔はしていないのだ。古い型にはまった、かびの生えた侍ではあるが、自分の考える侍らしく生きてきた、と思う」

死に様は違うのが、寂しい。

「だが、歳もあるのだろうが、しばらく病で家に籠もっているうちに、自分以外の、周りの者たちにとってどうであったか、を考えざるを得なかった」

「わかる、と思います。わたしも同じですから。なればこそ、わたしは剣術道場や寺子屋に援助をしているのです。浅ましくも、自分の人生の証《あかし》を遺したくて」

「立派なことだ。……いや、こんな言葉遣いはいけない。武士と商人で何が違うのか。理京屋さん、あなたは立派な人です」

だが、と政頼は頭を振った。

視線の先には、一つ残った練切がある。

「おれが陽一郎に遺せるものは、家名と……ほんの少しの剣の技だけ」

「お武家様の家名は、それは大切なものであるとわたしどもも理解しております。それに、刀は侍の魂であると。そしてその技術を継承できることを陽一郎さまは喜ばれるでしょう」

「そこには何の実もありませぬ。苦しい暮らしと重い役目を背負わせ、家に戻っても老いぼれの世話をせねばならぬ。妻にも娘にも、良い思いをさせることはできなかった。せめて、陽一郎には幸せになってもらいたいのです」

だから、と政頼は居住まいを正して頭を下げた。

「政頼さま……」

「おれは、もうすぐ勢庵と共に湯治に出る……ことになっております。おそらくは、勢庵だけが帰ってくるでしょう」

「くぅさん！　あんたなんてことを言うの！」

「すまないが、本当のことだ」

怒ったお豊を抑えて、理京屋は黙って続きを促した。

なぜそうするのかと一言も聞かないのが、政頼にはありがたい。聞かれたとて答えられぬのだから。

そんな理京屋の前に、政頼は小判を三枚、懐から取り出して置いた。

「お手数をおかけして申し訳ないが、良い頃合いを見計らって、どこぞ適当な寺にでも永代供養を頼めませんか」

「陽一郎さまは、ご存じなのですか」

「あれには、死にに行くと伝えるつもりはありませぬ。いずれ帰ってくると思って、まあ、その……孫でも作ってくれていれば」

狭い家に義父が同居していると夫婦のいとなみも難しかろう、と政頼は顔を上げて頬を掻いた。

理京屋にここまで話をしている自分が、政頼自身にとっても不思議であった。お豊の夫であり、師匠の友人であることも大きいが、何よりも陽一郎を託せる人物だとの思いが、そうさせたのかもしれない。

「わかりました」

「あなた！」

「良いから、ここはわたしに任せなさい」

政頼の頼みごとを承諾した理京屋は、政頼が差し出した小判を一枚だけ受け取り、残りを押し返した。

「引き受けましたが、これで充分でございます。湯治に出られるなら旅費が多いに越したことはありますまい。それに、陽一郎さまの差料《さしりょう》も新調されたとか。どうぞ残りはお納めください」

「……ありがたく」

「いやいや、お武家との婚姻となって些《いささ》か緊張しておりましたが、御舅さまがとても気持ちの良い方で、わたしも安心しました」

懐に金を戻した政頼は、理京屋と共に笑った。

勧められて残りの菓子を食べ、温くなった茶を啜《すす》る。その間にお豊や理京屋も「失礼して」と同じ菓子を食べたのが、政頼はとても嬉しかった。

武家と商家の間には、世間的に溝がある。

武家は偉いとされているが、その実多くが寒々しい懐事情を隠しており、御役目が得られず無任所、無位無官であればなおさら、扶持米のみで生活するのは厳しいのだ。

もはや、武力がどうのという時代ではない。金も人脈も持っている商家のほうが実質的には強いのだから、世の中がちぐはぐになっているのだ。

「政頼さまには、お琴の養子の伝手《つて》までご用意いただきまして、どうもそのお手際には感服いたしました」

「武家に嫁ぐのは武家のむすめでなければ、などというのはつまらぬ決まりですが、やれることはやっておきたい、と。しかしながら、まずは理京屋どのに相談すべきでした」

「いやいや、助かりましたとも。こう言っては失礼やもしれませぬが、手配り気配りの見事なこと、商家としても立派にやっていけるほどです」

幇間《ほうかん》めいたことを言ってみせる理京屋に、お豊が乗っかり「湯治で身体が治ったら、うちで働きなよ」などと言い出すものだから、政頼はすっかり参ってしまった。

「奥様だって、元気に働いているくぅさんが好きなはずよ。あたしだって、旦那の前妻さんに安心してもらいたいって思っているんだもの」

「そういう、ものかな」

「そういうものよ！」

きっぱりと言い切るお豊に、理京屋も朗らかに頷いた。

どうも、小さな御役目でも欲しいと駆け回っている侍たちに比べて、商人たちの力強くたくましい様には面食らってしまう。

若い頃は、この国を形作っている、藩を支えているのは我々侍だと政頼も考えていたが、何のことはない、形は作っても、中身を動かしているのは町の人々なのだ。

「ふむ。実は少しばかり商売の幅が広がりまして、お武家様方の家を訪ねる人手が欲しいと思っているのです。どうですか、政頼さま。隠居後でゆっくりなさりたいとは思いますが、お戻りの際には御考えいただけませんか」

「理京屋さんも、人が悪い。こんな老骨、戻れたとして何の役にも立ちますまい」

「何をおっしゃいますか。政頼さまの人生が、生きてきた道筋での出会いが、今からも役に立つのですよ」

理京屋は微笑みを崩していないが、隣ではお豊がすっかり泣き笑いの顔になっている。来るはずのない将来の話を、楽しく続けたいのだろうが、夫の言葉に続けられる言葉が出てこないらしい。

性根が優しく、人の気持ちを汲み取れる女性であるのは、やはり変わらない。

傷だらけで夜道をふらついていた政頼を救ったのは、彼女の手当てであり、同時にその気遣いであったのだ。

「陽一郎さまやお琴と同じように、わたしたちにも政頼さまのお帰りを待たせてもらえませんか。これでお別れ、というのはどうも、なんとも寂しすぎます」

「然様《さよう》ですか。いや、まったくその通りです。おれも、寂しい」

「快癒なさいましたら、良い酒を用意しましょう。新しい夫婦を祝い……そうだ、政頼さまも後添えをお迎えになるのはいかがです」

「ああ、これはやられた」と政頼は額を叩いた。

「いつの間にか、理京屋さんの惚気話《のろけばなし》になっていたとは。大店《おおだな》の主人はこれだから油断がならぬ」

「ええ、わたしは狡猾なのです。こんな男と縁繋ぎになるのですから、楽隠居などできませぬよ。御覚悟くださいませ」

「いやはや、これは陽一郎も大変な義父を得たものです」

「片方の義父の出来が素晴らしいので、これで天秤が釣り合うでしょう」

最後は、互いに大笑であった。三人とも、たっぷりと涙を湛《たた》えてはいたが、笑顔だった。悪いことは全て忘れ、若い二人の明るい将来を祝うための笑いだった。

笑いすぎてむせてしまったが、政頼は苦しさをほとんど感じなかった。多幸感が身体を支えてくれる。

「駕籠が参りました」

番頭がそう言って一礼すると、理京屋は「勝手ながら、呼んでおきました。支払いは済ませておりますから」と言う。

そこまでされては断るわけにもいかず、政頼は再び深々と頭を下げた。

「何から何まで、本当に感謝いたします」

「よしましょう。これからは親戚なのです。お互い様ということで、ひとつ。今度はお琴を挨拶に行かせましょう。お武家様のしきたりを知らぬ子ですので、どうぞご指導をお願いいたします」

「心得ました。その際は陽一郎を迎えにやりましょう」

「それは心強い」

理京屋の前で待っていた駕籠に乗り込んだ政頼は、以前よりもおさまりが良くなった気がして、自分が小さく細くなったと感じた。あるいは理京屋御用達であろうこの駕籠が大きいのかもしれないが。

肩に立てかけるように刀を抱えた政頼に、理京屋が土産として一抱えの包みを渡す。

遠慮するのももはや失礼と素直に受け取ったが、存外、重い。

「近くの料理屋と懇意にしておりましてね。晩酌の肴によろしいかと。それと、こちらをお納めください」

「理京屋さん、これは……」

「勢庵先生が、しばらく前に卸した薬を処方したところ、とても良く効いたと聞きまして、良ければ政頼さまにも、と。あまり数が扱えぬもので、大っぴらにはできませんから、そっとお持ちください」

渡されたのは、以前に勢庵が政頼に渡した薬と同じものであるらしい。

薬種問屋が客に直接薬を渡すことは珍しくないが、病状を詳しく話したわけでもない政頼にこれほど強い薬を渡すということは。

理京屋は政頼が重大な案件を抱えていることを知っているのだ。勢庵が軽々しく話すとは思えなかったから、話の中で察したのだろうが、尋常でない洞察力である。

「本当に、大店《おおだな》の主人とは恐ろしいものだ」

理京屋がどこまで気づいているか政頼は確かめたかったが、藪蛇になりそうな気がしてやめた。

代わりに、誉め言葉として恐ろしいと言ったのだが、理京屋はにこりと笑う。

「お武家様のように命をかける勇を持たぬので、よくよく周りを見ていなければ生きていけないのです。では、またのお越しをお待ちしております」

お豊と並んで一礼する理京屋が見えなくなるまでは、と涙がこぼれるのをこらえるのに、政頼はとても苦労した。

# 四、斬り合い

駕籠に乗って帰り着いた政頼はすっかり疲れて寝入っていたのだが、戸を蹴破らんばかりの勢いで入ってきた鹿嶋弥太郎のせいで飛び起きる羽目になった。

「政頼、起きろ」

「病人がようやく落ち着いて寝入っていたというのに」

「悪いが、急ぎでお前に伝えておかねばならぬことが二つあるのだ。残念だが、どちらも悪い話だぞ」

「……聞こう」

布団から身体を起こし、着流しのまま座り込んだ政頼に、鹿嶋は一言断りを入れて甕《かめ》の水を飲んだ。肩で息をしているあたり、走ってきたらしい。

たっぷり柄杓《ひしゃく》に三杯も水を飲み、取り出した手ぬぐいで顔やら首やらを乱暴に拭い、大きく息を吐いた。ようやく落ち着いたらしい。

「まず、陽一郎どののことだ」のしのしと上がり込み、鹿嶋はどっかりと座った。

「なんとあの藤岡伊織の護衛役として、後日の領内見分に同行するらしいのだ。藩に正式な届出があり、近々供回り役として異動になる」

「そうか」

「政頼、お前……もしや、知っていたな」

やられた、と苦い顔をする鹿島に向けて政頼はにやりと笑い、汲み置いていた茶碗の水を飲んだ。

少しばかり咳が出るが、すぐに収まる。腹が減っていたが、まずは鹿嶋の話を聞くべきだろう。

陽一郎から数日前に内示があったと聞いていた、と政頼は正直に話した。

「……なぜ、それをわしに言わなんだ」

「言えば、お前はおれに殺しを頼むことはなかった。違うか」

「違わぬ。違わぬが、もっと別のやり方を考えていた。義理とはいえ親子で斬り合うような真似をせねばならぬような……まさか、お前ははじめからわしの依頼を反故にするつもりだったのか！」

話している間に湧き上がる感情が鹿嶋の顔を赤く染めていく。鼻息荒く床を叩く拳が、かすかに震えていた。

政頼は黙って彼を見ている。言い分を返すにしても、鹿嶋が落ち着くのを待たねばならぬ。

怒りに我を忘れてしまうような男ではない。それを知っているから、ただ待つ。

「……理由があるのだろう」

「ある」

「話せる内容ならば、聞かせてもらおう」

「知れたこと。金のためだ」

期待した通りに落ち着いた鹿嶋が率直に問うたのに対し、政頼もまた率直に答えた。

陽一郎の将来、自分の身の処し方についてなどあれこれ細かい話はあるが、要約すれば「金が欲しかった」に尽きる。

話していて自分の浅ましさに笑ってしまった政頼に、鹿嶋もつられて笑う。

笑ってしまえば、もう怒りも続かない。

「ふ、ふふ、お前はまったく、どうしてそう……ふっふ、ははははは！」

「そこまで笑われるのは心外だ」

「いや、だが金が必要なのはわかった。しかし、本当にどうするつもりなのだ」

「藤岡伊織の件は任せておけ。あ奴が老中でいられるのは、その見分までのことだ」

「嘘ではない、と信じている。金打の誓いもある。心配なのは陽一郎だ。まさか斬るつもりではあるまい」

この言い草が、政頼にはおかしくて仕方がなかった。

片や藩も認める剣の遣い手で、年若く将来有望な若侍。片や病で長く引きこもっており、歳《よわい》五十を過ぎようという隠居爺。

だというのに、目の前の男は自分の友人が勝てると本気で信じているのだ。

「斬り合いにはなるやもしれぬ。だが、陽一郎を殺そうなどとは思っておらぬ」

「わかった、もう良い。お前は何か考えているのだろう。命を賭してやると約束したのだもの、な」

「そういうことだ。安んじて任せてもらおう。で、もう一つの悪い話とはなんだ」

「先日のからすの件だ」

鹿嶋が繋がっている老中とは別口のしかし同じく藤岡の排除を狙っている者に雇われた暗殺者であったからすと呼ばれる浪人。

同じ藤岡殺害という目的を持っていた者ではあるが、それゆえに成果を争う関係になってしまうので、政頼が始末した。

その件について、どうやらからすの依頼主は失敗を悟ったらしい。

「諦めたか」

「そうならば我らにとって楽だが……状況は逆だ。むしろ悪くなった。しかも、陽一郎どのにも関わってくるやもしれぬ」

「まさか、陽一郎に声をかけたのではあるまいな」

「そのまさか、よ」

大胆にも城内の御殿を歩いていた陽一郎に声をかけた〝使者〟は、あまりにもさっくりと断られて呆然としていたらしい。

しかし、話はそれで終わるわけではない。

断られた側は陽一郎にも恨みを持つ可能性があり、陽一郎のほうもそのようなことを持ちかけられて放置はできない。

「声をかけた男は捕縛され、陽一郎どのは藤岡伊織に随分と気に入られたらしい」

「そこまでなら、悪い話ではないな。藤岡伊織が消えても、実直で有能だと評されれば殿の耳にも届くであろう」

「だが、捕縛された男は誰に命じられたかを吐かずに死んだ。見張りの隙を見て自害したらしい」

「陽一郎も、もう少し腹芸ができれば良かったのだがな」

探りを入れて上の繋がりを調査する、と言うだけならば簡単だが、およそ調役《しらべやく》などには縁がなかった男である。素直な性格も手伝って、やろうと思ってもうまくはいかなかっただろう。

その陽一郎だが、この件で完全に老中たちの実権争いに巻き込まれてしまった。もちろん、藤岡派としてである。

「藩内の工作で陽一郎を別の部署に異動させられぬかと思ったのだが……」

「手間をかけたな。すまぬ」

「わしとて、親子で斬り合いになるなど見たくはない。それにお主はこのことを知らぬとばかりに思っていたのでな」

陽一郎が護衛から外れるならば、何事もなく暗殺は進められると考えた。手配りのうまい男だが、それだけに気が利きすぎて余計な仕事まで背負う。それが鹿嶋という男なのだ。

「忘れたのか、政頼。陽一郎どのは形式上とはいえ〝鹿嶋琴〟と結婚するのだぞ。義理の娘の結婚相手が父親に斬られたなど、恥ずかしくて誰にも言えぬ」

「おお、確かにな」

「いや話が逸れた。問題はからすを雇った連中、今また城内で失敗したことで焦っているのだろう。無頼浪人どもを集めて藤岡を襲撃するつもりでいる」

急いで動こうとしたせいで、鹿嶋の耳に話が届くのも早かった。

新参者の老中たちのうち、敵対している側の人物は領内に大した伝手《つて》がないようで、からすのような部外者に頼らざるを得ないことも大きい。

大して広くもない城下町のことである。街中でそういった連中を探しているとなれば、噂が広まるのはあっという間だ。

「そのこと、お前の上役に伝えたか」

「お前と陽一郎どのの関係も含めて伏せている。特に陽一郎どののことはなるべく藤岡伊織と近い印象を持たせたくはないのだ。あとで推薦するのに不都合となる」

「なるほど、な」

「万が一にも、雇われ連中に藤岡伊織が討たれれば、今まで藩内で行ってきた工作が水の泡となる。あくまであの男は、何者かわからぬ人物の手で死なねばならん」

派手にやりすぎて老中同士の権力争いの末であるのが明白すぎては、藩主からまとめて咎を受ける可能性まである。

だからこそ、鹿嶋の上役は間に幾人も通し、信用できる人物のみを使い、命じた老中自身にも実行役が何者か知らされぬようになっているのだ。

もし藩内騒動が幕府に知れたら、それこそ問題は大きくなる。

「もう一息で藩内の政治は安定する」

「ゆえに、藤岡伊織はその無頼連中に討たれては困る、というわけか」

「しかし藩士を公然と動かすわけにはいかん。下手をすれば藩士たちの対立の波を余人にまで広げてしまう」

「それで、その話をおれに持ち込んだのには、何か理由があるのだろう」

「……ある。変な話だが、藤岡を守ってほしいのだ」

なんとも奇妙なことになった、と政頼は嘆息する。

殺せと言っている相手を、今のうちは生かしておきたいから守れと言うのだから、政治に関わるなど面倒そのものだとよくわかる。

人の死すら、段取りに当てはめようというのだから業が深い。

「他に、わかっていることは」

「無頼連中の数は五人。奴らの根城まではわかっている。そして藤岡はまた奥方たちに会いに城を出るらしい。それも、今夜」

「そこを狙って襲撃されると踏んでいるわけだ。はぁ、まったく忙しいことだな」

言うが早いか、政頼は布団に横たわった。

「承知した。夕刻まで寝ておきたいから、戸を閉めて出て行ってくれんか。それと友人をこき使って悪いが、陽一郎に言伝を頼みたい」

「承知した。それで、何と伝えれば良い」

「夜の稽古は、場所が変わったと伝えてくれ。内容もな」

背を向けて早々と寝息を立て始めた政頼に、鹿嶋は安心半分、不安半分の様子で静かに立ち上がり、政頼の家を後にした。


城内では周囲の目もあるから、と頼まれた通りの言伝を鹿嶋はあえて道場まで出向いて陽一郎に伝えることに決め、懐かしくも痛い思い出が蘇る道のりを歩く。

四半刻もかからず、道場へたどり着き、陽一郎もあっさりと見つかった。

「ご伝言、ありがとうございます。こんなところまで、わざわざ申し訳ありません」

「はは、こんなところとは、酷いな。君の父上と同じく、わしも若い頃にはここで汗を流していたのだ」

「っと、これは失礼を」

「良い良い、わしもここでは酷い目にあっていたから、こんなところと吐き捨てたくもある。特に、空閑とかいう同年代の奴には、こっぴどく打ち据えられたものだ」

笑い話に交えて、鹿嶋は政頼がどれほど強かったかを語り、同時に鮮やかに思い出していた。

鹿嶋の腕前も悪いものではないが、やはり政頼には及ばなかった。

当時は政頼が道場を継ぐものだとばかり思っていたが、違った。やはり家督を継ぐべき立場でもあったから、と鹿嶋は理解している。

「いずれ戦場に立つ身であるから、互いに生き残って藩を引っ張っていこうなどと言っていたものだが、人生はままならぬ」

「私たちもその覚悟を持って稽古をしております」

「うん……いや、そうならぬようにするのが我々の役目なのだ。油断してはいかんが、剣の腕だけでなく、仲間を大事にしてくれよ」

素直に頷く陽一郎に、鹿嶋は息子を呼ぶように頼んだ。

道場内でこちらを気にしながら、弟弟子たちに指導をしている弥四郎は、自分が呼ばれたと知って陽一郎と指導役を代わる。

そして、汗を拭いながら小走りに駆け寄ってきた。

その仕草は、幼少から変わっていない。できれば我が子を、自分のような立場に置きたくないものだとつくづく思う。

「弥四郎。お前に仕事を頼みたい」

「これは珍しい。何でしょう、父上」

「……少し、外に出よう」

道場の庭、井戸の前まで来ると、道場内から聞こえる木刀の音がくぐもって遠く聞こえるようになり、気合の入った叫びも、耳にうるさいほどではなくなる。

釣瓶を引き上げ、冷えた水の中に手を入れると、一足先に冬を味わえる冷たさに指先が痺れる。若い頃の鹿嶋は真冬でも稽古後にはこれを思い切り頭からかぶっては、湯気をもうもうと上げていたのだから、若さが発する熱量はすさまじい。

「ここに来るのは久しぶりだ。稽古は、どうだ」

水をすくい取り舐めると、不思議と甘く感じた。

「お前は筋が良い、と以前に聞いたことがある」

「お陰様で、良い稽古仲間に巡り合えました。免許を得るにはいま少しかかりそうですが」

「少し耳に挟んだが、陽一郎どのは、強いのか」

「そうですね。最近になって義父どのに何か指導を受けたようで、いやはや、ここ数日は打ち込もうにも隙がありませぬ」

鹿嶋はこれで合点がいった。

政頼は、陽一郎に技を伝えて、最期に斬られることで自分の人生を完結させようと考えているのだ、と。

だが、おそらく藤岡伊織暗殺もやってのける約束も嘘ではない。

体調こそ気になるが、鹿嶋が知る政頼ならば、それをやってのける。

「うまい具合に、利用されたな」

暗殺の依頼をしたときに思いついたのだろう。

思い返せば、末期《まつご》について話したのは鹿嶋のほうではなかったか。とすれば、鹿嶋が持ち込んだ依頼と会話が、政頼に自らを処す道を選ばせたのだ。

利用された、と鹿嶋は言ったが、腹を立てているわけではない。いや、自分に対して腹を立てている言葉だった。

しかしもう、引き返すことはできない。

「それで、仕事とは」

「ああ、そうであった。……今夜出かける用があるので、護衛も兼ねてわしに同行せい。登龍旅館の近くまで行く。稽古が終わったら、すぐ家に戻ってくるのだぞ」

「かしこまりました。で、小遣いは如何ほど」

「お前はまったく、子供のようなことを言うでない……飲み代程度の小遣いは用意してやるから、頼んだぞ」

「合点承知」

嬉しそうに道場へ戻る弥四郎の背中を見て、苦笑しながらも鹿嶋は自分が幸福であると感じていた。

たとえ他人の幸福を壊そうとも、この幸福を守らねばならぬ。

政頼は陽一郎を守るために業を背負う覚悟でいる。鹿嶋もまた、同じく覚悟をするときが来たのだ。

友の死を踏み台にする覚悟を。


夜の町。

城下の賑わいは夜になっても続くものだが、しばし歩いて繁華街を離れた辺りに来ると、喧騒はどこへやら、静けさが周りを包み込んでいる。

政頼が陽一郎と共に歩いているのは、丁度城の真北になる。

商家をはじめとした町人が住む一軒家や長屋がある辺りで、以前とさほど様子が変わらず、藩主の交代による混乱は見られない。

「城の中は、落ち着いたかね」

「ええ。慣れない部署に行った同輩たちもいますし、新参の人たちも城や御殿の配置をある程度憶えてきましたから」

「お前自身は、どうなのだ」

「お陰様で、同輩たちよりは楽をさせていただいております。とはいえ、私のほうがこれからが正念場のようですが」

転封による藩主の交代は、武家にとっては非常に重大な出来事であり、旧藩主と共に新たな領地へと移る者たちは慌ただしく荷物をまとめ、入れ替わりにやってきた新参者たちは、勝手のわからぬ町で右往左往する。

それは城の中でも同じことで、引継ぎもろくにできないまま人だけが入れ替わったことで何かと問題が出ており、少し前までは城内で喧嘩まで発生していたらしい。

新参者と居残り組の確執は、ここ数日でどうにか収まりつつあり、まだくすぶってはいるものの執務を優先すべきという流れにある。

居残り組の武士たちは新たな藩主を表向きは快く迎えていたものの、先の不安は拭えない。そわそわと落ち着かないまま、まさか藩主に直接取り入るわけにもいかず、老中たちや藩の重鎮と思しき者たちの誰に取り入るのか、迷いに迷っているのだ。

中でも鹿嶋は早々に寄る辺を見つけたほうであり、居残り組の中では特に藩主に近い立ち位置を確保している。

そんな悲喜こもごもの藩士たちと違い、町の人々、特に商家にとってはまたとない儲けの機会であった。

理京屋が仕事の幅を広げようと考えているように、越してきたばかりで何かと入り用な武家と、その周囲の人々によって一気に拡大した需要に応えるべく、多くの商家が奔走している。

大工たちは建物の修理だけでなく、新しい藩主が進める街道作りに駆り出され、炊事道具や寝具をはじめとした生活用具を商う者たちは、店の在庫ではとても足りぬと買付にも買取にも余念がない。

「町は、商家の人々や職人たちが動かしている」政頼は作りかけの家を横目にこぼす。

「食い物は農民たちが作る」

もっとも、無役の藩士の中には職人の手伝いで給金を得たり、内職をして工芸品を商家に納めたりすることで糧を得ている者もいる。

表向きの身分の上下などというのは、一皮剥いてみれば大した意味はなさない。実際の力関係は金の流れが如実に表しているのだ。

「お琴ちゃんと一緒になったら、折角だから、理京屋さんの仕事を見てみると良い。あの御仁の仕事ぶりは、お前の仕事にも活かせるだろう」

「義父上は……私たち侍が政《まつりごと》をする世の中が変わるとお考えでしょうか。時折、お話の端々に感じるのです」

「そこまでは考えておらぬ。だが、刀がうまく使えるからというだけで、人の世を動かせる時代ではなくなるだろうよ」

そこまで大きな規模の話ではなく、自分の手が届く範囲の人々を守るため、ひいては自分の人生を守るためには、刀を振るうこともあるだろう。

政頼はそう言って話を締めると、手に持っていた提灯の火を吹き消した。

ほのかな灯りが消え、しばらくは闇夜に塗り潰されたように感じる。

だが、ほどなくすると目が慣れて、月明りが照らす町の輪郭が浮かび上がってきた。

「新月か雲の厚い日でもなければ、夜とて月明りで充分に見える。建物に入ると難儀するがな」

「では、室内で襲われた場合は……」

「早々に外に出ることだ。多くの場合、襲撃側は相手の数と位置をおおよそ把握しているゆえ、刀を振り回さずとも突き込んでやれば良い。だが、身を護る側は不意に暗闇に放り込まれると、対応が遅れる」

狭い室内では縦でも横でも刀を振り回すのは得策ではない。ゆえに相手に対して刀を振って無理やり距離をとる方法も難しくなる。

だから、建物の中で照明を消されたなら、早々に外に出たほうが良い。飲み屋などが並ぶ街中ならば多少は明るく、それでなくても月明りが期待できる。

もし外が真っ暗闇だとしても、それはそれで逃げる側が有利である。

「護るべき者がいる場合には、どう動くべきでしょう」

「ふん、蹴り飛ばしてでも外に出してやれ。命の危機なのだから四の五の言わせずに二階からでも構わず窓の外に放ってしまえば良いのだ」

「ははあ、ですが老中の藤岡さまはなかなかの恰幅。そうはいきますまい」

「ああ……そうか、であれば、当人に走ってもらう他あるまいよ」

納得しかけて、政頼は言葉を濁した。

藤岡伊織の姿を遠目から確認したことを、陽一郎は知らないのだ。隠居後に外から来た新参の老中の姿など、政頼が知るはずもないのだ。

ほどなく、人家が絶えてやや寂しい場所へとたどり着く。

朽ちた武家屋敷があり、草が生え放題でなんともおどろおどろしい雰囲気のある場所である。

政頼は、陽一郎に視界が悪い状況での戦いについて教えると言って、この場所までやってきたことになっている。しかし実際には、ここは鹿嶋が話していた無頼浪人どもが根城にしているあばら家の傍であった。

「さ、ここならば余人の迷惑にはなるまい」

「はい、では、よろしくお願いいたします」

武家屋敷の庭に入り、政頼は陽一郎と向き合う。

ここは浪人どもの根城から数軒離れた場所であり、音が聞こえたとしてもすぐにはここだと判別はできないだろう場所だ。

当初、登龍旅館にいる藤岡伊織の近くで待ち構えることも考えていた政頼だが、あまり人目につく場所でやるのは良くないと思い直したのだ。

鹿嶋の計算通りであれば、間もなく無頼浪人どもは動き出す。

陽一郎は何も知らないままだが、人を斬ろうと息巻く連中の前に抜き身を持った政頼がいるという状況になれば、対峙は必至であろう。

仕事を急ごうと考える浪人たちは斬りかかってくるだろうが、それこそ政頼の望むところだった。

「暗がりは足場が悪い。できるなら立ち合いの前に見える範囲だけでも、周囲の状況を知っておくべきだ。陽一郎、この武家屋敷の井戸はどこにある」

「は……その、あちらでしょうか」

「反対方向だ。井戸に落ちたら事だぞ。その程度は把握しておけ」

建物の位置、出入口、地面の状況や倒れた灯篭など、見ておくべきものは無数にある。斬り合いに夢中で相手をしっかり見ていたとしても、うっかり何かで躓いただけで死ぬことになる。

料亭のような複雑な廊下を持つ建物に同行するときにも、人が通れるところを把握しておき、いざ斬り合いになった際に有利となる場所を予め想定しておく。これだけでどれほど立ち回りが楽になるか。

「お詳しいのですね」

「若い頃は、身体を鍛え技を磨くだけでなく、あれこれと聞いて回って調べたものだ。使う機会など、ほとんどなかったが」

「しかし、私の御役目には非常に有用です」

「役に立ててくれるなら、何よりだ」

二人は真剣を抜いて、ゆっくりと型を繰り返す。

ただ同じ動きをするだけではない。月の位置による見え方の違いや、日中よりもさらに見えにくくなる角度などを、実際にやりながら学ぶ。

目が慣れてくると、目に頼るようになる。見える範囲が広がるからだ。

その分、暗がりはさらに見えにくくなる。視界から外れ、同時に思考からも外れやすくなる。

「音を聞け。衣擦れ、草履の底、柄と掌が擦り合う音も。全てを合わせて、相手の動きを知るのだ。見るのではなく、知る。知ることができれば、読むこともできる」

話しながら、政頼の足運びはするりと滑らかに陽一郎の背後を取りに行く。

出がけに理京屋からもらった薬を飲み、呼吸も身体操作も楽になった政頼の動きは、陽一郎から見ても老齢のそれではなかった。

辛うじて振り返り、月明りを反射した刃が八相の動きを見せたのに対応しようと陽一郎が構える。

だが、そこでふと今までの話を思い出すと同時に、陽一郎は違和感に気づいたらしく、すぐさま飛び退《しさ》った。

陽一郎から見て政頼が振り上げた白刃の位置は上だが、そのまま振り下ろすにしては、見えている政頼の姿勢が低かったのだ。

上段から斬り下ろすならそうはならない。

陽一郎がそこに感づいて動き出すまで、瞬きほどの間もなかった。

「……よく気づいた」

「ご指導の賜です」

緊張からか、陽一郎は肩で息をしている。

彼は八相に対して刀を使って受け流す動きをしようとして、中断。切っ先を下げながら後方に飛び退《しさ》ったのだ。

それが正解であった。

上段から手首を返して逆袈裟に斬り上げる動きに変化していた政頼の一撃を、陽一郎の刀が押さえる格好になったのだ。

「少し、休もう。些《いささ》か疲れた」

「水を持ってきております。どうぞ」

陽一郎が置いていたひょうたんを掴み取ったときであった。

風に乗って、くぐもったような女の悲鳴。そして男の怒号が聞こえてきたのだ。

尋常の雰囲気ではないと察した二人は、音がするほうへと静かに駆け寄る。

「女性が襲われているのでしょうか」

「おそらく。相手の人数がわからぬうちは、飛びかかるなよ」

「承知しております」

町方を呼ぶには、番所から離れすぎている。のんきに呼びに行っている間に、取り返しのつかぬことになるやもしれない。

陽一郎の気持ちはそれだけであったろうが、政頼は内心で舌打ちしていた。

おそらくは、例の無頼浪人連中がどこからか女を攫ってきたものだろう。あるいは、商売女を連れ込んだは良いが、無茶を要求しているのだろう。

あまり目立ちたくはない。

これが根っからの悪党であれば、目撃した女まで消すところだろうが、そこまで悪逆非道になれるほど、政頼は擦れてはいない。

まして、陽一郎の前でやれる真似ではない。

「あそこですね。明々と火を焚いているおかげで、よく見えます」

「浪人者が、廃墟に住み着いているようだな。……家の障子戸やらを外して燃やしているのか。随分と乱暴なことをする。長居をするつもりはないのだろうな」

「やはり、女性が襲われているようです」

どうしますか、と視線を送ってくる陽一郎に「捨ておけ」とは言えない。

むしろ、このまま浪人どもを陽一郎が始末してくれるなら、彼の名が上がり、藩内での評価が上がる。政頼亡き後のことも多少は安心であろう。

もっとも、あまり政治に近づきすぎるのも心配ではあったが。

「人数は、わかるか」

「四人……いえ、六人いますね。奥に二人寝ています」

「鹿嶋め……」

「どうかされましたか」

「なに、歳をとったせいか、五人かと勘違いしただけのことよ」

聞いていた人数より多い。

二人では女性を守りながら戦うのは難儀するところだが、もはや選択の余地はなかった。

「できるか、陽一郎」

「もちろんです」

「おれが聞いているのは、連中を殺せるか、命を奪うことができるかということだ」

「……できます。そうでなければ、あの女性は死にます。そうでしょう。義父上も……」

「わかっているなら、良い。おれの若い頃より上等だ。では、おれは裏へ回る。お前は真正面から思うさま暴れるが良い」

言うが早いか、政頼は暗闇の中に消えた。


義父の姿を不意に見失った陽一郎は驚いた。

開け放たれた建物の中も、乱暴に積み重なった木材が燃えている庭も、明るく照らされているはずなのに、義父の姿は見当たらない。

恐ろしさと頼もしさを感じながら、陽一郎はしばし考えた。

真正面から正直に誰何《すいか》するのも手だが、それで囲まれては不利になる。

廃墟にいる人の配置を改めて確認する。

建物の中、奥に先ほど話した二人が寝転がっており、焚火の灯りがほのかに届いている程度だ。

その手前の部屋では、どうも町から攫ってきたらしい女性にのしかかる男と、その近くにもう二人。

そして、手前の庭には焚火の番をしているらしき男が一人。

陽一郎は刀を抜き、義父を真似て足音を殺しながら焚火へと近づく。

真正面だが、可能な限り浪人どもの視線の動きを読み、こちらに気づくことのない隙を突くのだ。

「動くな。立って仲間のほうを向け」

「いつの間に……」

心臓は早鐘のように鳴っていたが、うまくいった。

焚火の番をしている男に接近。

眼前に刀を突きつけて立ち上がらせた陽一郎は、その男を盾にして建物の中の浪人どもに言葉を投げる。

「お前たちも、こちらを見ろ。その女性を離せば、彼の命は助けてやろう」

「おい、お前ら、どうにかしてくれ……」

人質となった男は震える声で助けを求めているが、建物にいる男たちは少しも動じていなかった。

それどころか、顔には冷笑を浮かべている。

多少は狼狽するかと踏んでいた陽一郎にとって、これは計算外であった。

次の手を考えていると、一人の浪人が笑い声と共に返事を寄越す。

「どこの馬鹿か知らんが、こんなところに単身乗り込んできて、女のために命を張るか。ご立派なことだな」

「……藩士の一人として、当然のことだ」

「ああ、なるほどな。この藩の侍か」

話している男が首魁であろう。

他の浪人たちよりも堂々としており、乱暴に括った総髪の下には、いくつもの傷を負った浅黒くふてぶてしい表情の顔がある。二刀を差した姿は、もう少し汚れの少ない着物であれば、立派な剣士に見えるだろう。

その男も、周りの男も刀を抜いた。

襲われていた女性は何が起きているかわからないようで、這いずって建物の奥へと逃げていく。

「人質とは、藩士様は無粋だねぇ。そんな邪魔なものを抱えていたら、満足に斬り合いもできねぇだろうよ。そら、これで」

「ああっ！」

首魁が、不意に投擲《とうてき》したのは脇差であった。

左手で器用に抜いたそれを、そのまま軽く放っただけのように見えたが、暗がりで人一人を間に挟んだ状況では、陽一郎も叩き落とすことが叶わなかった。

自分の胸に深々と刺さった脇差を見た浪人は、短い悲鳴をあげて事切れた。

浪人が倒れ、陽一郎の全身が露わとなる。

「そろそろ仕事だ。さっさと殺せ」

首魁の言葉で、浪人たちが庭へと飛び降りてきた。

陽一郎、生まれて初めての真剣での斬り合いが始まる。


首魁と思しき浪人者は袖が長めの小袖を着ており、そこから黒々と日焼けした太い腕が伸びている。

掴んでいる刀はおよそ二尺四寸とよく見る長さだが、陽一郎よりも背が高いこともあって、間合いは広い。

室内にいるくせに草履を履いており、動きやすさを優先した短めの袴は、動きを読まれることなど気にする必要がないと言わんばかりだ。

一見して、陽一郎はここまで観察できた。

その首魁との間を塞ぐように、二人の小汚い浪人者がそれぞれに刀を振りかざして立っている。

奥にいる首魁と比して、この二人のなんと弱々しいことか。

大上段に構えて自分を大きく見せようとしているが、不慣れなせいか脇が空いているようにしか見えない。斬ってくださいと言わんばかりで、むしろ誘いではないかとすら思える。

「二人がかりか。それで良い」

「何を生意気な！」

「怖気づいて強がりを言っているだけだろう！」

どちらが強がっているのか、と陽一郎はこの状況にあって思わず笑いがこみ上げてたまらない。

どうも、この数日の間に黒服の浪人者との斬り合いを経験したり、義父からこれまで経験したことがないような圧力を感じる稽古を受けたりと、濃密な剣の時間を過ごしてきたせいか、心に余裕ができたらしい。

口角を上げたまま、陽一郎は目の前の男たちに向かって踏み込む。

丁寧な足運びで、穏やかにしっかりと。基本を確かめるような動きだった。

それは決して速いものではなかったが、二人の浪人たちは完全に気圧《けお》されている。

「さっさとやれ！」

腰が引けた連中に苛立ちの言葉が飛び、肩を震わせた二人が互いを見るや、一時に飛びかかってくる。

しかしそれの、なんとも稚拙な振り下ろしか。

互いの動きに少しも注意がいかないのか、下ろされた切っ先が触れ合い、小さな火花が散る。

慌てて距離をとるが、その間に陽一郎の動きを見ることもしない。

斬り下ろしを難なく避けた陽一郎が、踏み込みと共に右の男を斬る。

「うあっ！」

わき腹を斬り裂かれた浪人は血煙を上げてどうと倒れた。

確認する必要もない。陽一郎は手応えから〝殺した〟と感じている。人の命を奪うことに指先が震えそうになるが、感傷に浸っている暇はない。

小指と薬指を締めて柄を握り、薙ぎ払った刀をくるりと返してもう一人へと向かう。

「ひえっ」

「怯えるくらいなら、刀を抜かなければ良かったのだ！」

浪人連中の反応から、この者たちが今までどのように刀を振るってきたかを察し、陽一郎は腹を立てていた。

簡単に刀を抜く。人殺しの依頼を受ける。

しかしこの腕前。首魁はさておいても、この二人はおそらくろくに抵抗もできぬ者たちばかりを斬ってきたのだ。

「……ちっ、馬鹿どもめが」

舌打ちが聞こえたとき、陽一郎の刀によってもう一人も倒れ伏していた。

流れた血が沸々と錆鉄のような臭いを漂わせ、陽一郎に死を実感させる。

刀を振って血を払い、改めて首魁と向き合う。

その目には、迷いがない。

「お前も、斬る」

「そんな木っ端どもを倒したからといって調子に乗るなよ。……おいお前ら、いい加減に起きろ」

姿が見えないことで女は逃げたかと吐き捨てた首魁だったが、呼びかけたもう二人の手下から反応がないことに訝しみ、ぎろりと視線を向けた。

その視界に入った光景に、首魁は眼を見開く。

「なんだと……」

喉を引き絞ったような声が出る。

朽ちかけた汚い布団に寝転がっていた二人ともが、深々と喉を斬り裂かれて絶命しているのだ。

表情は穏やかなままであり、首筋から流れる血がなければ眠っていると勘違いしそうである。

「ちぃっ！」

首魁は庭に立っている陽一郎を無視して、背後に向かって刀を構えた。

手下が死んだことそのものはどうでも良いと言いたげな動きであり、自分が一切気づかないうちに背後をとられ、二人を殺害してなお気づかれないほどの腕を持った者が近くにいることに緊張したのだとわかる。

「出てこい」

「断る。お前の相手は、おれではない」

建物の奥。暗闇から静かに声が響く。

政頼の声だが、当然浪人は知らない。知らないが、かすれて老いた、貧弱さすら感じさせる声が、むしろ恐ろしげに聞こえる。

確実に、この声の主が手下を殺したと首魁には伝わっただろう。

「そう怖がるな。おれは手を出さぬから、安心してあの若者と斬り合うが良い」

「安心などできるか。手前の言葉を信用しろと……」

「信じるしかあるまいよ。それとも、先におれとやりたいか」

「……おのれ……」

陽一郎は二人のやりとりを聞き、浪人が完全に呑まれていると思った。

たった一人になったこと。気づかぬうちに挟み撃ちになっていたこと。想定していない夜襲を受けたこと。

全て、この男が想像していなかった状況であるはずだ。

「待っておれ。必ず俺が殺してやる」

「ああ、期待せずに待っておるよ」

浪人者は苛立ち紛れに唾を吐き、一飛びに庭へと降りてきた。

陽一郎との距離、およそ二間。決して遠くはない。

「名乗れ。斬った相手を憶えておくのは俺の流儀だ。墓を建ててやったりはしないが、手ごたえがあれば憶えておいてやる」

「……空閑陽一郎。お前は」

「堂野左之助《どうのさのすけ》。お前と連れを殺す」

「そう簡単にはいかん」

堂野と名乗った男。やや肩をすくめた奇妙な立ち方だが、だからと言って隙があるわけでもない。

正眼に構え、腰をグイと押し出すような圧力のある佇まいである。

同じく、陽一郎も正眼にとり、ゆっくりと距離を詰めていく。

あと半歩、と陽一郎に見えた距離で、堂野は斬りかかってきた。

「なんと！」

「殺《や》った！」

陽一郎は切っ先が届かないはずの距離まで下がった。

だが、脳裏に政頼からの教えが稲妻のように奔《はし》り、自然と身体が動いてさらに半歩の距離をとる。

これが正解だった。

確実に避けたはずが、着物の胸元を浅くだが斬り裂かれたのだ。見た目の間合いよりも広いのだ。

「……これを躱《かわ》したか」

「何をした……と聞いても答えないだろうな」

「ふん、知らぬまま死ね」

混乱に支配されそうになるのを、陽一郎は大きく息を吐いて落ち着ける。

鼻から息を吸い、薄く開いた口から吐く。

息吹が上半身を巡り、胸の中に涼やかな空気を送り込むと、少し冷静になれる。

再び正眼に構えた堂野。陽一郎も同じ構えをとる。

「この技で、幾人も死んだのだ」

「自慢の技というわけだ」

言葉を交わしながら、陽一郎は相手を見ている。

何が起きたかを見抜かねば、本当に死ぬのだ。

これが命のやりとりである。緊張感に呑まれてしまえば、身体は動かない。だが、油断をすれば、反応が遅れる。

喉の渇きを感じ、陽一郎は固唾を呑む。

再び距離が近づき始めた。

先ほど堂野が動いた距離を思い出していた陽一郎だが、今度はその距離では動かず、かなり近い距離に詰めてから動き出した。

調子を外された陽一郎は、転がるように横っ飛びで躱《かわ》し、焚火の脇を通り過ぎて充分すぎる間合いを確保し、構え直す。

それでは、と次の一撃、袈裟斬りを刀で止めてやろうと踏み込むものの、今度は刀がぶつかり合う前に堂野のほうが退いた。

膂力に自信がないのか、と陽一郎は挑発のつもりで口にしたのだが、堂野は乗ってこない。言葉で探るのは限界があるようだ。

見ると、堂野はまた同じ構えをとっていた。

「混乱しているな」

「……認める」

「ふん、見抜けるはずがない。俺も忙しいのだ。これで終わりにする」

焚火にくべられた障子戸が爆《は》ぜた。

火の粉が舞い、陽一郎の左腕に触れたが、目を向けることはない。

ちり、と腕の毛を焼いた音が聞こえ、熱さと同時に、臭いがかすかに届く。

そこで、陽一郎はふと思い出す。

この場に来る前、義父と何をしていたのかを。

「何を考えている」

「教えを、思い出していただけだ」

陽一郎は距離を保ったままぐるりと円を描いて位置を変えた。

どっしりと構えた堂野はその場を動かずにいたので、狙い通りの場所を確保でき、陽一郎はこれで良いと構え直した。

堂野が焚火を背負う形になり、陽一郎からすれば相手の姿が暗く見えにくくなるのだが、それこそが狙いだった。

そして、今度は陽一郎から間合いを詰めていく。

その姿は相手の攻撃を誘っているように、軽やかで無防備であった。

「なんのつもりか知らんが！」

誘いに乗って、堂野は踏み込んだ。

砂を踏む乾いた音。

距離は一太刀目と同じく、見た目よりも遠い。

衣擦れの音と、刃が風を切る音。

それらを全て聞いて、陽一郎は避けた。

思い切って飛び退《しさ》った。

かなり余裕を持って、上段斬りが目の前を通過するのを見て、確信する。

「見切ったぞ！」

「詰めれば良いとは、浅知恵だな！」

再びの接近。

今度は速い。一撃必殺の勢いで懐に飛び込んだ陽一郎に、堂野は再び広い間合いでの斬撃を狙う。

振りかぶった腕。

陽一郎の狙いはそこだった。

堂野が斬り下ろすよりも早く、陽一郎が怒涛の踏み込みとともに右手一本での逆袈裟を見舞う。

切っ先三寸。

狙った通り、堂野の拳はそこにあった。

「どあっ……！」

堂野の手の甲から噴き出た血が、陽一郎の頬に当たる。

次の瞬間には、刀を落とした堂野が膝を突き、憎々しげに陽一郎を見上げていた。

「貴様……」

「やはり、お前の腕は常人より長いのだな」

着物の袖から伸びる堂野の腕は、先ほど構えていたときよりも三寸は長かった。常人に比べれば、身長と比して相当に長い。

袖の中で肘を曲げることで見た目の長さを誤認識させていたのだ。

刀を振る際に、腕の長さを調整して間合いを変える。多少剣が使える程度であれば、間合いを測り違えて斬られていただろう。

「なぜ、気づいた」

「……衣擦れの音」

「……なんだと」

「刀を振り上げたとき、普通と違う音がした。それだけだ」

見上げる堂野の顔は、陽一郎からは焚火で逆光になり見えなかったが、目を見開いて驚愕しているのは間違いない。

がっくりと肩を落としている堂野に対し、止めを刺すべきか陽一郎が迷っていると、政頼の声が届く。

「油断するなよ、陽一郎」

「ですが、もう勝負は……」

「試合ではないのだ。これは」

政頼の声が終わらぬうちに、堂野は左手で刀を掴むと、乱暴に陽一郎の足元を払い斬りで狙ってきた。

膝を突いたままの、低い位置での横薙ぎ。

政頼が声をかけなければ、反応できなかったかもしれない一撃であった。

炎に照らされた白刃を、飛び上がって辛うじて避けた陽一郎は、そのまま堂野の手を踏みつけて止めた。

「斬れ。それが殺し合いの終わりだ」

呼吸を挟む間もなく、政頼の声が聞こえる。

殺し合い。改めて言われると、肩に重くのしかかってくるものを感じざるを得ない。

だが、確かに道場での稽古ではない。試合でもなければ腕比べなどでもないのだ。

「……御免」

上段からまっすぐに、陽一郎の刀が堂野の頭を断ち割った。

少し力みすぎたきらいのある一撃であったが、鼻梁まで左右に斬り裂く一撃は、堂野を即死させた。

「見事であった。陽一郎」

政頼の言葉に、陽一郎はどう答えるべきかわからない。

ただ、自分の手で命を絶った三人の死体を前に、荒い呼吸を抑えるのが精一杯であった。

「は、は、は……」

「よくやった」

短い息継ぎで呼吸を整えている陽一郎にもう一度声をかけた政頼は、右手に握っていた刀子《とうす》を懐へと戻した。

万が一の際には、堂野の背中へ向けてこれを投擲《とうてき》するつもりであったが、無用となった。

ひやりとする場面もあったものの、どうにかやってのけた陽一郎の姿に、政頼はつい頬が緩む。

息子を持つというのはこういう気持ちだろうか。

「さて、こちらも仕事を済ませねば、な」

政頼は足元の床に倒れている女性へと目を向けた。

彼女は早々に逃げようとしていたが、庭に出て斬り合いに巻き込まれても問題であったし、その動きで寝ていた二人が起きかねないと考え、申し訳ないが気絶させたのだ。

起こすべきかどうか考えたが、このまま自分の存在など知らぬほうが良いだろう。

手早く廃屋の中を探し回ると、三つ折りになった紙を見つけた。暗いせいで内容までは読めないが、斯様《かよう》な無頼連中が持っているものだ。何か仕事に関するものだろう。

「落ち着いたか」

「は、どうにか。ですが、斬り合いの最中に胸元を斬られてしまいました。お恥ずかしいところを……」

「大きな怪我をしなかっただけ、上出来だ。どのように乱れようと、お前は五体満足に生きている。いいや、五体満足でなくとも、生き延びたことが重要なのだ」

「はい……」

「血を拭って刀を納めておけ。抜き身を握ったままでは、心は落ち着かぬよ」

はっとした顔をして、陽一郎は自分の右手にあるものを思い出したかのように見遣り、慌てて懐紙で血を拭った。

　納刀して鯉口がぱちりと音を立てると、緊張が緩んだようで、硬く食いしばっていた顎の力が抜ける。身体が急に重くなったように感じたのか、陽一郎は目の前にいる政頼へと助けを求めるような視線を向けた。

「ふ、なんという顔をしている。お前は一人前の侍として仕事をしたのだ。胸を張れ」

「……この男、斬ってしまいました。良かったのでしょうか」

「善か悪かを聞いているのなら、知らぬ」

「そんな……」

何を今さら、と政頼は陽一郎の頬を両手でぴしゃりと挟み込む。

そのまま無精髭が伸び始めた顔をぐりぐりと揉み解し「間違いではない」と笑った。

「この堂野とかいう男とその一党は、陽一郎に悪さを咎められて、逃げるどころか刀を抜いた。……寝ていた連中には気の毒だが、あれも仲間であるのは間違いないからな。理由など、それで充分」

「ですが、殺す理由になり得ますか」

「殺さなければ、お前が死ぬ。おれも死ぬ。もし、おれやお前にこ奴らを殺さず捕縛するほどの腕前があれば別だがな」

正義か悪かではない。生まれた殺意を抑えるには、相手を殺すしかない状況が問題なのだ。政頼は最初の殺人以後、殺すしかない状況ならば、せめて綺麗に殺してやることが慈悲であると考え、そうできるように鍛え続けてきた。

いつの日にか、殺さずに済ませるだけの実力を得られるなら、と思っていたのだが。

「おれは、ついにその境地にはたどり着けなんだ。小娘一人絞め落とすのが精一杯。これが大の男なら、一人相手でも殺さずに済ませるのは難しい」

「手加減ができれば、良いのでしょうか」

「死なない程度にか？　それこそ難しい。峰打ちだろうと当たり所が悪ければ死ぬ。殴り倒して昏倒させたつもりが、狸寝入りで不意を突かれる可能性もある。生き延びるために死んだふりをする連中などそこら中にいるぞ」

陽一郎も、剣の道を進み続ける以上は、この問題をずっと抱えていくことになるのだろう。

不憫ではあるが、宿命と思う他ない。

「娘さんが中で気を失っているからな。さっさと町方を呼んでおいで。おれは疲れたから、先に帰るよ」

「えっ、さっきの小娘一人絞め落とすという話は喩えではなく……」

「起きても何があったかわかるまいよ。悪さは堂野たちのせい、手柄はお前のおかげ。そういうことにしておきなさい」

疲れたのは本当のことであったが、このまま自分がこの件に関わったとするのはよろしくない、と政頼は考えていた。

あくまで自分は草臥《くたび》れた病人なのだ。そのままで良い。

ましてや、功名などもう必要ない。陽一郎はこれからの侍だが、政頼はそうではないのだから。

どのように説明すれば、と頭を抱える陽一郎を置いて、政頼はゆっくりと暗い夜の道を歩く。音もなく、誰にも見られずに。

歩きながら、再びの荒事にうるさく鼓動する心臓を押さえ、呼吸を整える。

「ふう、やれやれ」

ようやく暗い我が家に戻ってきた政頼は、行燈《あんどん》に火を入れて、懐から書状を取り出した。

堂野たちが持っていたものだが、そこには確かに藤岡伊織の特徴と登龍旅館の場所まで書かれている。要するに、暗殺の指示書といったところか。随分と簡潔で粗の多い内容ではあるが、それだけに誰が書いたものかを特定するのは難しいように思える。

鹿嶋が危惧していた通り、旅館から城へ戻る途上で襲うつもりであったのだろう。

これが町方に見つかれば問題であった。

「夜分に失礼。鹿嶋と申す者だが……」

「入れ。今は陽一郎もおらぬ」

「おう、丁度良い。どうやら、うまくいったようだな」

遠慮なく、と戸を開いた鹿嶋弥太郎は、中をちらりと見て誰もいないことを確認して入ってきた。手にしていた提灯の火を吹き消し、土間の脇に置く。

そうして慎重に戸を閉めたその顔には、疲れが浮かんでいる。

「いやはや、大変であった。いざというときの連絡役にと息子を連れ回していたが、無事に藤岡伊織が城に戻るのを確認できた。まったく、いつの間にやらあれほど酒が呑めるようになったのか、見張りの間に随分と散財してしまった」

「ははは、身内の金ならと浴びるほど呑んだか。見た目は優男のようだが、中身はお主そっくりなのだな」

「わしの小遣いにも限りはあるのだ、笑い事ではないぞ。弥四郎め、先に帰って今頃は高いびきだろうよ」

真向かいに座った鹿嶋に、政頼は事の次第を説明する。

無事に始末はついた。政頼の狙い以上に陽一郎は腕を上げていたし、無頼浪人連中は町娘を攫っていたものだから、流れ者の犯罪者として処理されるだろう、と。

ついでに、人数の間違いには文句を言っておく。

「許せ。何しろどこかから流れてきた連中だぞ。人数の一人二人、頻繁に増えて減ってしているだろう。これが大人数になれば問題だが、ああいう連中は我の強いお山の大将が仕切っているからな。ある程度大きくなると分裂するものだ」

「そういうものか」

「だからこそ、大将一人に金を渡せば良いから安く済むし雇いやすい。汚れ仕事でも何でもござれだ」

口ぶりからすると、鹿嶋もそんな連中に裏の仕事をやらせたことがあるのではないだろうか。

政《まつりごと》の中枢に近づくというのは、綺麗ごとばかりではない。

非難するつもりもないが、なぜ浪人ではなく政頼に暗殺を頼む気になったのか。

「ならば、お前もそういう浪人に藤岡殺しを頼めば良いではないか」

「馬鹿を申すな。ああいった手合いは信用などないに等しい。金を持ち去るなど茶飯事であるし、技も持たぬ阿呆ばかりだ。重要な仕事ほど、頼むに値しない」

「そういうものか」

「それだけ、お前の腕前を信用していると思ってくれ」

「素直には喜べぬな」

話を戻そう、と政頼は回収した書状を鹿嶋に手渡した。

最初は何の書状かと訝しんでいた鹿嶋だったが、行燈《あんどん》のほのかな灯りに照らして読み進めていくうちに、額に汗が浮かんできた。

やや前かがみになっていた姿勢のまま、ぎろりと目を向けてきた。

「なんとも……よくやってくれたものだな」

「役に立つか」

「立つとも。いいや、これがあれば老中同士の争いも一人が脱落したようなものだ。数日のうちに、老中の一人が罷免されるか代替わりになるであろうよ」

嫌なことだ、と政頼は鹿嶋の言うことに不快感を覚えた。

いざとなれば戦で実力を示し、立場を文字通り力ずくで奪っていた侍の武器が、今や権謀術数《けんぼうじゅっすう》となっている。

しかし、はたと考えを変えてみると、命を賭して戦うこともなく国が保てるのだから、そのほうが穏やかで平和ではあるか。

「いや、助かった。……あとは、お前が藤岡を仕留めてくれれば……」

「任せておけ」

「念を押す必要はないか。当然であるな」

「これで陽一郎の株も上がる。万が一にも、藤岡某の護衛から外されるということもなくなるだろう」

「うむ。それをわしが喜ぶべきかどうかはわからぬが、良かった、と思っておこう」

こうしてはおれぬ、と忙しなく鹿嶋が去っていく。

ほどなくして、陽一郎が戻ってきた。

町方に説明をしたことで多少は落ち着いたのだろうが、未だに人を斬った興奮から脱し切っているとは言えない様子である。

そわそわと落ち着きがなく、細かく途切れるような息をしている様子を見て、政頼は苦笑を禁じ得ない。自分もかつてはそうであったことを思い出したのだ。

「娘さんに大きな怪我はなかったようで……その、未通のままであったようで、安心いたしました」

「はあ、子供でもあるまいに、犯されずに済んだと言えば良かろうに。ま、それは幸いであった。親御さんも安心であろう」

「笑っている場合ではありませんよ。娘さんが気を失った理由を町方に聞かれて、誤魔化すのに苦労しました」

「それは悪かったね」

まったく、と嘆息した陽一郎は、するりと顔に深刻な影を落とした。

「今宵、初めて人を殺しました」

「そうだな」

「いずれ経験するかもと思っていましたが、突然でした」

「人を殺すかもしれぬ、と予感することなど普通はあるまいよ」

実際、政頼もそうだった。

誰かを殺そうと計画しているのならいざ知らず、斬り合いになるのではと考えて生きていられるほど、人の精神は強くはない。

よほどに世が荒れたのならば人を殺す瞬間が来ることを常に心得ていようが、その時代に生きている侍は果たして正気を保っていられるだろうか。

「今は、さっさと眠ってしまうことだ」

「眠れる気がいたしませんが……」

「横になって目を閉じているだけでも良い。心は昂っていても、身体は疲れている。自覚がなくとも、な」

「そういうものですか……。では、お先に失礼します」

「おれも寝るとしよう」

行燈《あんどん》の火を吹き消し、二人は横になった。

同じ部屋の中、やや布団を離して眠る。

先ほどまでの行燈《あんどん》の光が幻影のように瞳に残っているのだろうか、政頼の視界には真っ暗なはずの部屋がいやに明るくちらついて見えていた。

もしやすると、政頼も興奮しているのかもしれない。

だとすれば、何に対してか。

久しく離れていた命の奪い合いに、この数日触れているせいか。懐かしい顔ぶれに再会し、自分の人生を振り返る日々を送っているせいか。

政頼自身は、おそらく陽一郎の腕前に興奮しているからと感じている。

「今日は、見事であった。相手が見えていた。聞こえていた。動きも良かった。俊敏であり、迷いはあったが決断には当たりを引き続けた」

「ですが……ですが、私の腕前がもっと上等であれば、堂野の死に様は綺麗で彼は苦しまずに済んだでしょう」

「悔しいなら、鍛えろ。身内の贔屓目を差し引いても、お前はもっと強くなれる」

「……強くなれば、悩まずに済むのでしょうか」

「さあなあ」

問われて、考えてみた。

しかし、答えは出るはずもない。なぜなら……。

「おれ自身、そこまで上等な腕前ではないからな」

「然様《さよう》ですか……」

「そうさ、然様《さよう》さ。悩みが消えるほどの腕前なら。そうさな、お釈迦様のように穏やかになれるのかもしれんな」

しばらく待ったが、答えはなかった。

やはり心身共に披露していたのだろう。いつの間にやら陽一郎は穏やかに寝息を立てている。話の途中だが、と政頼は苦笑し、目を閉じた。

若者よ、悩むが良い。答えは出ないかもしれぬ。それでも、悩んで学んで鍛えていれば、何かに気づくこともあるやもしれぬ。

「たどり着いた先が、侍の道を外れるものだとしても……」

空閑の名を継いだ陽一郎には、政頼の迷いや後悔など気にすることなく、精一杯生き抜いてほしい。

政頼はそれだけを願って、眠りについた。

## 五、無明承伝《むみょうしょうでん》

堂野討ちから三日が経った。

その間には、鹿嶋が予言した通りに三人の老中のうち一人が突然隠居を決め、手続きの後に代替わりをすると発表になった。

理由は病気とのことになっているが、もちろん違う。

斯様《かよう》に上層部には少々の混乱はあったが、城内で働くほとんどの者たちにとっては大して影響があるものではない。

件の老中にすり寄っていた一部の者は、寄る辺を失って右往左往していたが、たくましくも翌日には他の伝手《つて》を作ろうと奔走している。

上層部には上層部の。下級藩士には下級藩士の政治があるのだ。

そんな中、御殿で同僚たちと机を並べて書き物に没頭していた陽一郎に、上司から声がかかった。

「空閑。呼ばれているぞ」

「はあ、誰からです」

「老中藤岡伊織さまだよ。……お前、何かやったのか」

「お叱りを受けるような真似をいたした憶えはありませんが……すぐ、参ります」

内容が伝えられると、ざわりと周囲は騒然となり、好奇の目を向けてきた。

これが叱責であるなら、老中から直接問い質される時点で御役御免すらあり得る。陽一郎を好意的に思っていれば不安そうに、邪魔に感じていれば期待の、それぞれ立場によって向けてくる視線は違う。

それを気にしているようでは仕事にならぬので、陽一郎はどちらにも反応しないようにしているのだが。

「では、失礼します」

「あとは任せておけ。こちらは気にせずとも良い」

「助かります」

部署をまとめる上司は、陽一郎の味方である。

呼び出しのことは冗談めかして「何かやったのか」などと言っていたが、言葉とは裏腹に表情はにこやかであったのがその証左で、陽一郎が近々護衛役として藤岡老中と同行することを知っている。

陽一郎が早くに妻を喪《うしな》ったことに城内では最も同情的であった人物で、能力は目立つほどではないが、実直で有名だった。

同じ御殿の中に、老中たちそれぞれの部屋がある。

まだまだ転封の混乱は残っており、調整のためにあちこちへと出かけているらしく留守にしている者が多いのだが、今日は藤岡だけは城内に留まっているらしい。

御殿の奥へと進むと、すれ違う藩士たちの顔ぶれが変わってくる。見覚えのない顔ばかりで、おそらくは藩主や老中たちと共にこの地へ来た新参の者たちだろう。

目礼を交わしながら、つやつやとした廊下を歩いていく。

少しばかり薄暗く感じるのは、陽一郎の気のせいであろうか。光の届かない暗部をも内包している領域であると感じさせる。

どうも、まだ気が昂っているらしいと思いながら、油断なく歩みを進めた陽一郎は、目的の部屋に到着し、膝を突いた。

「空閑陽一郎、参上いたしました」

「来たか。入ってくれ」

「は、失礼いたします」

襖を開くと、中は何の変哲もない八畳間であった。

中央に文机を前にして正座している藤岡伊織の姿があり、傍らには書面やら冊子やらが乱雑に積み重ねられている。

見ると、領内の地図も広げられていた。

「少し、待ってくれ。これだけ片付けておきたい」

「は……」

視線も向けないまま告げると、藤岡はさらさらと何やら書きつけ、書類を入れ替えてはまた書くというのを三度繰り返す。

そして、筆を置いたかと思うと両手を打ち鳴らす。

一拍と置かずに脇の襖が開いたものだから、陽一郎はぎょっとして目を向けた。息をひそめて待っていたのだろう藩士が進み出て、書面を受け取る。

「街道の普請《ふしん》詰所に」

「は、すぐに」

藩士はそのまますするすると滑るように出て行ったものだから、まるでからくり人形ではないか思ってしまう。

唖然としている陽一郎に、藤岡がくっくと笑った。

「あれはわたしの補佐でな。昔からよく仕えてくれる。どうも覇気というか人間味がないのが難点だが、悪い奴ではない」

「あ、これは、失礼いたしました」

「初めて見た者は、誰もがそういう反応をする。あれだけ気配を消せるのだから剣の腕前も……と言いたいところだが、わたしと同じで、剣術はからきしでね」

にこやかに話している藤岡の雰囲気は、老中などという藩の重鎮然としたものではない。どちらかと言えば、陽一郎の今の上司のような、現場で下級藩士たちと共に汗を流してきたような、温かみがあった。

その瞳に新参者が持つ居残り組への偏見や遠慮は存在せず、ただ陽一郎その人を観察していた。

「忙しいのに、呼びつけて申し訳ない」

「いえ……」

「わかっていると思うが、以前にも伝えていた見分の護衛について、であるな。空閑くんのところへ行っても良かったのだが、あまり広げたくない内容もある」

「承知しております」

一礼しつつ、陽一郎は「とんでもないことを考える人だ」と思った。

平の藩士たちが肩を寄せ合って仕事をしているところに、直属の上司ならばまだしも、組頭よりもさらに上の老中が来るとなると、騒動になりかねない。

何か特別な繋がりがあるのではないかと勘繰られるだろうし、うっかりすると陽一郎を通して藤岡に取り入ろうと考える者まで出てくるだろう。

老中の護衛に抜擢されたことを上司が隠しているのも同じ理由である。特別扱いは、有難迷惑というものだ。

「本題の前に、一つ礼を言いたい」

「私のほうは、特に何かしたわけではありませんが」

「先日、幾人かの浪人どもを斬ったであろう。町はずれの廃屋に住み着いていた連中を。何でも町娘が拐かされていたのを救ったとか」

「御耳に入っておりましたか。偶然通りがかりまして、何とか倒せましたが……それが、どうかいたしましたか」

考えてもわからぬ。陽一郎は首を傾げようとして止めた。

無頼浪人連中らと藩の老中。同じ武士でも天と地ほどに住む世界が違うはずだが。

「老中に繋がってはいた。それはわたしではないが、な」

「もしや……」

「ま、そういうことだ。おかげで多少は仕事がしやすくなった。わかっていてやったわけではなかろうが、一言礼を言っておきたくて、な」

そう言って藤岡が居住まいを正して頭を下げたものだから、陽一郎は慌ててしまった。

「ご、ご老中！　御戯れを……」

「はは、すまぬ、すまぬ。それで、報告を聞く分には、一人で六人もの浪人連中を倒したというではないか。大した腕前だ。娘も無傷で救ったとは、空閑くんはいずれ絵物語に残る武士となるかもしれぬ」

しきりに褒めてくる老中に、陽一郎は閉口してしまう。

義父から口止めされているので、二人いたことは秘密にせねばならぬ。それがどうも手柄を横取りしているようで据わりが悪い。

政頼がやったのは不意打ちであって、正面切って戦ったのは陽一郎だけであるからあながち過大評価というわけでもないのだが。

「長く道場に通っておりますし、最近は父の……妻の父から手ほどきを受けておりまして。その薫陶によるものかと」

「謙遜もうまいな。いや、義父どのの腕前も相当なものなのだろうね」

「はい。一時は藩の剣術指南役を務めておりました」

「そうか、そうか。なるほどな」

　転封前の藩史はある程度把握しているだろうが、せいぜいが大きな灌漑や普請《ふしん》に関することと、あとは藩主の周囲の人事といったところか。

　一藩士であり、これといった要職に就いていたわけでもない空閑政頼のことなど、この老中の頭には入っていないだろう。

　今の話も、隠居した老人が昔は強かった、とだけ記憶されたはずだ。

　それがどうも、陽一郎にはもどかしい。義父は今でも強いのだ。誰よりもそれは自分が知っている。

「義父は……今は肺の病で少々弱ってはおりますが、立派な武士であります。私などは、足元にも及びませぬ」

「病か、それは難儀よの……」

「近いうちに旧知の主治医と湯治へ出かけると申しておりましたので、きっと良くなるでしょう」

「君にそれほど評価されているとは。義父どの快癒されたなら、一度お会いしてみたいものだ」

　そして、藤岡は再び陽一郎が驚くような真似をする。

目の前にある文机を脇へ退け、懐から無造作に小判を二枚取り出して陽一郎の前に置いたのだ。

急に金を出されて、どう反応すべきか迷っていると、藤岡は受け取れと言った。

「報酬である。いかんせん、藩の財政は転封の影響で苦しい。これだけだが、許せよ」

「い、いただけませぬ。藩命として戦ったわけではなく、たまさか居合わせての人助けであり、こちらに刃を向けてきたがゆえに返り討ちとしたまでのこと。御老中から褒美をいただくわけには……」

「良いから。結果として君はわたしの役に立つ仕事した。……五日後、例の見分を行うことが決まった。その支度金に使ってくれないか」

それでも逡巡している陽一郎に、藤岡は見舞いでもあると付け加える。

「もちろん、浪人連中を斬って傷ついた刀を砥いでおいてほしいのもあるが、御父上が湯治に向かうのであれば、路銀の足しにしても良かろう」

「……わかりました。では、ありがたく頂戴いたします」

「うん。気持ち良く受け取ってくれれば嬉しい。……済まないね。わたしには些《いささ》か敵が多いようだから、何かと苦労をかけるかもしれない」

金を受け取り、金がこすれる音が小さく響いたと同時に、藤岡の声は低く抑えたものになった。

ぴくりと陽一郎の手は止まりかけたが、もはや遅い。

父のためにもと言われて受け取ったが、見方を変えれば二人の間に金で繋がりができたことになる。そこまで藤岡が計算しているかはわからなかったが、あえて「藩の財政逼迫」に触れたことで、より恩を着せる意味合いが増している。

「空閑くんは、古風な侍だね」

「そう、でしょうか」

懐に金を入れた陽一郎は、藤岡の問う意味を考えながら、さらりと五日後だと伝えられた護衛任務についても意識が向き、少々考えが混乱し始めている。

「悪い意味ではないから、怒らないでくれたまえ」と藤岡は、冷え切った茶を啜《すす》る。

「わたしなどは、剣も槍もうまくない。弓などまともに前へ飛んだためしがない。だが、どうにか政《まつりごと》をやっていくだけの頭はあった」

「老中の御役目、生半《なまなか》なものではない、と存じております」

「他に才がないから、勉学だけは必死だったに過ぎぬよ」

政治を必死でやってきたことに後悔はないが、果たして自分は侍として立派かどうかと言われると自信がない。

藤岡は寂しそうに笑いながらこぼす。

その点、陽一郎は立派な侍だと彼は評した。

剣の腕を磨き、人を助け、侍として生きている。

「わたしは今、藩の財政を立て直すことに血道をあげている。それは誰かにとっては酷く損をすることであるし、不公平だと感じることである。しかしここで人気取りに感《かま》けて手を抜けば、いずれ藩は立ち行かなくなるのだ」

「私には、難しいお話です」

「そう自分を卑下するものではないよ」

藤岡は、陽一郎が理解しているかどうかにかかわらず、今の藩には金がないと語った。

転封で藩主と共にやってきたのは、実に一千二百余名。全てが藩士ではなく、その家族であったり出入りの商家であったりも含むのだが、かなりの部分で藩が引っ越しの助成をしている。

「手間も金もかかった。それは、ここを出た前藩主も同じであろうが」

「何かと忙しかった記憶がございます」

「はっは、然様《さよう》であろうな。わたしたちも、前の領地では隅から隅まで調べて引き継がねばならなかったし、連れて行く者、持っていく物、置いていく物を選ばねばならなかった。できることなら、全員を連れてきたかった」

　幕府から指定された期日までに移動を完了せねばならず、また財政的に厳しい部分もあり、何もかもを、というわけにはいかない。

　現実を噛みしめて居残りを言い渡した者の中には、武士の身分を捨てて帰農した者たちもいた。悔しかった、と藤岡は語る。

「わたしはね、空閑君。君のような侍に憧れるよ。だからこそ、武士として守りたいのだ。侍が侍として生きていける世の中を」

　そのための助力を頼みたいのだ、と藤岡は笑った。

　陽一郎は考えていたが、もとより藩の重鎮の守護者となるのは名誉なことである。

「微力を尽くして」と頭を下げた。

　老中と近しくなり、御役目も安定して手当も増えるはずだ。これできっと義父も喜んでくれるだろう。

　湯治に向かう義父に孝行できるのなら、と陽一郎は藤岡が語る見分の計画に注意深く耳を傾けた。何があろうと、この人物を護るのだと決意して。

「本日、老中の藤岡さまにお会いしました」

「ほう……何か、御役目の話かね」

「それもありましたが、藤岡さまが藩政をどのようにお考えか、私のような平藩士にもお話しくださったのです」

「見込まれているのだな」

藤岡に呼び出された日、仕事も稽古もいつも通りに済ませた陽一郎は、帰宅するなり政頼に報告する。

その表情は嬉々としていて、今朝までの迷いがある雰囲気はどこへやら、気力がみなぎっていた。

政頼にとって、喜ばしいか否かは微妙なところだ。

昨日今日と、政頼はどこにも行かずに家にいた。

流石に連日の外出で疲労困憊し、薬に頼らずにいると呼吸が苦しい状況が続き、動こうにも動けなかったのだ。

今朝は陽一郎との稽古もせず、朝飯すら食べていない。陽一郎には後で食うと告げたが、実際に口にしたのは昼を過ぎてからのことだった。

「それと、こちらを頂戴しました」

「二両……随分な額だが、これは」

「藤岡さまより頂戴しました。その……御役目の支度金と、義父上が湯治に行かれるに際して路銀の足しに、と」

「随分と太っ腹だな」

鹿嶋の工作もあって、おそらくは藤岡の耳にも件の浪人連中が自分に向けた刺客であったことは伝わっているだろう。

とすれば、その謝礼であるとの意味もあるはずだが、そのことは陽一郎は言わなかった。

藤岡から聞いて、藩政に関わる秘密だと口止めされたのか、それとも何かを考えて言わずにいるのか。そもそも聞かされていないのか。

「義父上からのご指導や病状についてのお話もありました。それと私のことを、古風な侍だ、と評されました」

「古風、とは」

「悪く言われたわけではありません。藤岡さまは剣術はからきしで、刀や槍の腕で功績をあげられる侍を評価したいと言われたのです」

「はあ、なるほどな」

政頼が思っていた以上に藤岡という人物は陽一郎のことを買っているらしい。これだけの金をひょいと下げ渡すのだから、自らの陣営に加えておきたいと考えているのは明らかだろう。

陽一郎本人も感じ入ったかと政頼は見ていたが、何やら口をへの字に曲げている。

「どうした」

「いえ、この金を受け取って、本当に良かったものかと」

「なぜだね。御役目のための支度金なのだから、仕事を完遂するにあたって必要な金ではないか」

「それは、そうなのですが……。一つ引っかかっているのです」

「話は長くなりそうだな。では、飯を食いながらにしよう。腹も減っているだろう」

二日間たっぷり休んで身体は楽なのだ、と言いながら政頼は立ち上がり、釜から飯をよそう。

自分がやる、と慌てて立ち上がった陽一郎に、沢庵を切るように頼むと、温めていた鍋の蓋を開けた。

ふわりと湯気が立ち上り、豆腐とわかめが入った味噌汁の良い匂いがした。

「今日は、豪勢ですね」

「うん。婆さんが豆腐とわかめを買ってきてくれたのだ。少しばかり小遣いを多めに渡したのだが、それを使ってくれたらしい」

「それはそれは……。どうでしょう、義父上。湯治の土産はあのお婆さんにもご用意されては」

「そうか……そうだな。言われてみれば、当然のことだ」

何しろ、料理をやり慣れていない男二人のむさい世帯である。一人は病に伏せっていて、一人は出仕と稽古に明け暮れる日々を送っており、家の中のことには時間もかけられない。

もし婆さんが来てくれなければ、男二人で飢えていたことだろう。

飯と味噌汁、そして粗く切られた沢庵という食卓。いつもより少しばかり量が多く、味噌汁の具も多い。

二人、手を合わせて食事を始める。

「しかし陽一郎、お前は剣の腕に比べて料理は進歩が見られぬよな。この沢庵を見ろ、三切れも四切れも繋がっている」

「それは義父上も同じでしょう。以前に魚を炭にしてしまったではありませんか」

「む、そうであったかな」

「義母上は、料理上手な方でしたからね」

「ああ、お妙に何もかも任せてしまっていた。そのせいで、小夜も料理を任せきりで、お前と一緒になってからもあいつの作った飯を食っていたな」

　幾度となく交わした思い出話。

　二人が亡くなってから一年は、政頼と陽一郎の間にはほとんど会話がなかった。二人は他人であり、繋がりを失ってしまったのだから当然である。

　互いに遠慮が先に出て、居心地の悪い思いをしていたのだ。

　しかし、血ではなく家名が二人をこの家に縛りつけていた。

「まだそれほど経っていないというのに、懐かしく感じます。そういえば、義父上の料理ではあの茶漬けが一番ですね。今でもよく思い出します」

「ああ、あれか。今思うと、なんとも恥ずかしいものだが」

「あれほど美味いものはありませんよ。作り方を教えていただけませんか」

「簡単さ……随分と昔の話だが、おれも親父から教わったのだ」

　青魚の身を刻み、醤油と胡麻であえたものを冷ました緑茶で茶漬けにしたものだ。

　二人暮らしになってからしばらくして、熱を出した陽一郎のために政頼が作ってやったことがある。

思い起こせば、風邪なのだろうから温かいものが良かっただろうし、生ものを食わすのも変な話だが、政頼はこれ以外の料理を知らない。

米だけは近所で分けてもらい、通りがかりの棒手振りから適当に魚を買い、乱暴に刻んだのを思い出す。

「身体中が熱で苦しかったのが、ほっと落ち着いたような心持ちでした。では明日の夕餉は、それにいたしましょう。……これも、空閑家の伝統となりますから」

「そうさな……他にはろくに飯が作れぬのも、伝統か」

「はは、そうやもしれませぬ」

熱と冷や茶漬け以来、二人は少しずつ会話をするようになった。

陽一郎からすれば家名を譲ってくれる大切な義父であり、政頼からすれば空閑家を断絶せずに済むことになった恩人である。

そこを思い返し、互いが必要だと感じたからこそ、素直になれた。

なんとも不器用ではあるが、男同士などそういうものかもしれない。

「あとは、お婆さんの味が空閑家の味になりつつありますね」

「まったくだ。すっかりこの薄味の味噌汁に慣らされてしまったよ」

「義父上の歳ならば、丁度良いでしょう」

「ふ、言うようになった」

残った沢庵を齧り、ぬるくなった茶を啜《すす》る。薄い茶だが、漬物の塩気を弱めるには丁度良い。

茶碗を置き、政頼は「それで」と話を戻した。

「何を気にしているのだ」

「藤岡さまは、藩の財政を立て直さねばならぬ、と繰り返し申されていました。だというのに、私にはこのような大金を渡されて……」

「矛盾している、と」

「支度金だから必要な出金だと説明されました」

だが、刀を砥ぎに出すだけならこれほどの金は必要がない。まして隠居している平藩士の病状など、せいぜい口頭で見舞いを告げれば良いだけだ。

藩の老中と言えば、藩主に代わって実務を取り仕切る役割であり、実質的に藩を動かす代表者である。それが、隠居した老人にまで金を渡すだろうか。

金蔵が満たされているというならまだしも、節制を唱えているこの時勢に。

「金を受け取ってしまってから、私は少し怖くなったのです。自分が、この金で藤岡さまに買われたような気がして」

「新参者の中でも対立がある、ということならば、味方は欲しかろう。有能であれば身銭を切ってでも囲いたいだろうよ」

「御役目として命じられれば従いますが、金で動かされたと思われるのは心外です」

「では、金を返してしまえば良い」

「それでは、御役目を外されてしまうかもしれません。……義父上、私はどうも、雁字搦めになってしまった気がして、落ち着かないのです」

　政頼も、気持ちはわかる。

　侍として政治に翻弄されるのは真っ平御免だ、と若い頃から感じていた。それゆえに藩の剣術指南役に抜擢されたときも、あちこちから何かと繋がりを求められたが、すげなく断ってきた。

　妻との縁も、仕事ではなく道場付き合いからのものだ。

「しかし、お前は老中の護衛という御役目に就く。旗色を隠したままでは、誰からも信用されなくなる。お前が何者なのか、お前自身の中にはあっても、それは傍からは見えないのだ」

　言うべきかどうか迷ったが、政頼は自らの意地がもとになって味わった、藩内でのあの孤独感を、息子に味わわせたくはなかった。

しばらく後には、この陽一郎は一人になる。

お琴という妻ができ、義父も義母も増える。

しかし、家庭はあっても城に入れば孤独になるのだ。

藩政が落ち着いて、老中の力関係に均衡ができたとき、自然と派閥は生まれる。それは対立の激しさがゆえではない。老中職が複数の人間で構成され、その力関係と合議によって動く構造である以上、仕方のないことなのだ。

そんな城内で、中立を決め込むのは難しい。

誰にも付かぬことは、蝙蝠《こうもり》扱いを受けるに等しいのだ。孤高であるのは、腕に拠って立つ侍としては理想だが、現実には難しい。

「お前は侍だが、自由気ままな浪人ではない。主ある身、藩士なのだ。政治と無関係ではない」

「わかります。ただ、やり方に疑問があるのです」

「その答えを知るには、藤岡という人を知らねばならぬ。ただ不器用なだけかもしれぬ。金を使えば手っ取り早い。情に訴えれば話が通りやすい。そういったものは、あのような連中の考えとしては当然のことだろう」

だからこそ、他の方法を知らぬ可能性もある、と政頼は言った。

自分自身でも、標的を助太刀するような真似をしていることが如何にも不器用だと思わなくもない。

しかし、これは藤岡のためではない。陽一郎に伝えたいことなのだ。

「おれがそうであったように、陽一郎、お前はこの藩を守りぬく藩士であろう。であれば、まず藩主である殿の御下命こそ最上と考え、老中がその補佐として命じるならば迷いなく従いなさい」

「……老中たちの命令が食い違ったときは、どうすれば良いのでしょう。殿の御意向など、私程度ではとても窺い知ることなどできませぬ」

政頼は、陽一郎に向けてにこりと笑った。

「自分の良心に従うと良い。結果がどうあれ、侍として間違いのない選択をしたと誇れるように」

「どう判断すれば良いのか、私には……」

「簡単に、単純に考えてみなさい。藩にとって、人々にとって、一番良いと思えることをやるのさ。領内が平和で、皆が安心して暮らしていくには何が必要なのか。自ずと答えは出よう」

考え込む陽一郎を見て、政頼は今のうちに沢山悩んでおけば良いと思った。いざというときに判断を過《あやま》たずに済むように。大切なものを喪《うしな》ってしまわぬように。

「では、そろそろ休もうか」

「はい……ああ、そうでした。お伝えしておくことが一つ」

「何かな」

「御役目の……藤岡さまの見分の日が決まりました。五日後、早暁のうちに城へ来るよう仰せつかりました。……些《いささ》か迷いはありますが、目の前の御役目をしっかり果たすことが肝要かと思います」

茶碗を片付けながら聞いていた政頼は「そうか」とだけ答えて片付けの手を止めることはなかった。

そして、布団に入った頃合いで「思い出した」と告げる。

「丁度、その前の日に出立しようか、と話していたのだ。今日の昼間、勢庵が来てな。うちと同じで、息子に任せても良い頃合いらしい」

「然様《さよう》でございましたか」

「一人で早起きできるかね」

「子供ではありませぬ。義父上こそ、どうぞお気をつけて。前日であれば、休みをとれます。途中まで見送りをいたしましょう」

政頼は嘘を吐いた。勢庵はここへは来ていない。

それを陽一郎は頭から完全に信じて、見送りまでしようと言っている。胸が苦しいのは肺の病のせいか、それとも心苦しさが表出しているのか。

「いや、大切な御役目の前に疲れるのは良くない。朝早いのだから、入念に準備をして、早く眠っておきなさい」

「然様《さよう》ですか……」

「留守の間、お琴ちゃんと仲良く、な。孫ができた頃に帰ってくるから」

「また、そのようなことを……どうぞ、ご無事で」

「その日はまだ四日も先なのだ。そう急いで追い出さないでくれ」

日取りは決まった。

いよいよ、急ぎ伝えねばならない。

「……陽一郎。明日の朝に無明を見せる」

息を呑むような音が聞こえて、政頼は続けた。

「おれが遺せる最後のものだ。心して受け取ってくれよ。どうか、取りこぼさぬように、忘れてしまわぬように。頼んだぞ……」

行燈《あんどん》の火を消した後、二人は長い間眠れなかった。

無言で互いの気配を感じながら、政頼は終わりの日を思っていたが、陽一郎は何を考えていたのだろうか。

尋ねることもせず、政頼はずっと自分の右手を静かに擦っていた。


早朝、長屋の裏にやってきた政頼は、陽一郎が現れると無言で木刀を構えた。

真剣は使わない。それは安全のためであったが、同時に「当てる」と宣言しているようなものである。

「無明を見せる」

昨夜、政頼はそう言った。

無明なる技について、陽一郎はほとんど知らないのだが、相手に対してどのように刃が触れるかを実際に教えるつもりなのだ。

陽一郎は表情ですぐにわかるほど緊張している。

木刀で打たれることに対してではないだろう。そんなものは道場では日常茶飯事なのだから、気をつけていれば大怪我をすることもないと知っている。

それよりも、これから伝授される技を見逃してしまわないか、自分が会得できるかどうかが心配でしかたがないのだ。

「そう気を張るな。まだ御役目まで時間はある。いや、今すぐ会得できなくとも良いのだ。繰り返し繰り返し、自分の身体に馴染ませる。技とは、そういうものだろう」

「は、すみません。どうも焦ってしまいまして」

「教えられる時間は、確かに少ない。だが、お前にはまだ沢山時間がある。これから先に、まだ長い人生がある」

　正眼から、少しだけ切っ先を下げる。

　政頼の構えは、陽一郎に比べるとやや肩を落としたように脱力しており、軽く踏み出された右足は、わずかにつま先が外を向いていた。

　若い頃はもっと胸を張り堂々とした構えであったが、いつしかこのように小さくまとまっていたのだ。

　きっかけなどは何もない。もしかしたらあったかもしれないが、見過ごしてしまった。長い剣術人生の中、政頼はある日、ふと剣術も歳をとることに気づいた。

　思えば、師も若い頃こそ力押しで豪快な剣を振るっていたが、ある時にそれではいかぬと壁に当たった、と酒の席でこぼしていたのだった。

　人は衰えるのだ。

それは突然ではない。ゆっくり、いつの間にか「あの頃の動き」ができなくなっている自分に気づく。

「お前はいつか老いる。絶対にそうなる。だが、それはまだ先の話であるし、〝いつから〟などと言えるものではない」

「しかし、義父上は病こそあれど、老いたからといって弱くなられたようには見えません」

「そうかい。おそらくそれは、俺の身体が剣と一緒に老いたからであろうな」

身体だけが歳をとれば、刀を無理に扱う不格好なものになっていただろう。刀を振り回しているつもりが、気づけば刀に振り回されていたなどということになる。

逆に、刀だけが歳をとれば、若さに見合わぬ小手先の技ばかりが先にいく。

剣に生きるというのは、剣と共に歳をとるということなのだ。

「そう、なりたいものです」

「なれるさ。陽一郎なら。さ、年寄りの益体もない話はこれくらいにしておこう。……今から動くから、見えるなら、見ておきなさい」

「はい」

言うが早いか、文字通り政頼の姿が陽一郎の視界から消えた。

かと思うと、瞬き一つの後に、こつん、と左のこめかみに木刀の切っ先が当たる。

「は——」

「ほれ、真剣ならば、これでお前は死んでいたな」

「いつの間に……」

陽一郎の隣、真横よりやや後ろに政頼の姿があった。

もしこれが真剣勝負であれば、陽一郎は何をされたか知らぬまま死んでいただろう。

それがわかるからこそ、陽一郎の顔は血の気が引いている。

先日見せられた動きよりも、さらに理解できないと言った様子だった。

「まったく、見えませんでした」

「ふ、見えては困るのだよ。……これが、無明。相手の視線が届かない〝道〟を通り抜け、一撃にて仕留める」

「し、しかし私は真正面から義父上の動きを見ておりました」

「前にも言ったが、人間の目は見えているようで、見えていないことがある」

人の視界は広い。個人差はあるものの、基本的には真横よりやや後ろまでが見える。

上下は些《いささ》か狭くなるが、ただまっすぐに正面を向いている状態でも、視界の範囲だけなら相当なものがある。

とはいえ、その全てについて注意を向けることができるわけではない。じわじわと変化するものには気づかなかったり、意識の外にある部分には、たとえ目の前の異変でも気づかなかったりする。

「おれにはね、陽一郎。真正面にいるお前が何をどれくらい集中して見ているかが見えているよ」

「そのような真似が、できるのでしょうか」

「できるさ。ほら」

真正面に戻り、政頼が片手に持った木刀を揺らす。

「今、木刀の切っ先を見て、急ぎおれの顔と胸元を捉える目に戻したな。まあ、基本ではあるが」

話しながら、左手で小石を弾き飛ばした。

放物線を描いた小石は、こつん、と陽一郎の膝がしらに当たる。

小石を投げたこともそうだが、いつの間にこんなものを拾っていたのか、それすら気づかなかったと言い、陽一郎はすっかり自信なさげである。

「私は、多少なりとも剣を扱えるつもりでしたが、どうも増長していたようです……」

「そう自分を卑下するものではない。そう簡単に見破られてしまっては、秘技とは呼べぬ。最初はそれで良い。さ、あと何度か見せよう。ようく、見ているのだぞ」

「お願いします」

先ほどと違い、陽一郎はもう構えてすらいない。

両手を下げてただただ立ち尽くし、義父の一挙手一投足を一瞬たりとも見逃すまいと眼を見開いている。

その姿が、政頼にはどうも可笑しく見えて、笑いをこらえるのが大変だった。

そっくりそのまま、自分が師から技を伝授されたときの姿だったからだ。

「見るばかりではない。おれがいると思ったところに手を出して触れてみると良い。触れられるものならば、な」

「わ、わかりました」

「ふふ、さあ、始めよう」

両手を前に掲げて構えた陽一郎の前に立ち、政頼はちらりとその表情を見遣る。顔の筋肉がぴくりと動いているのが見え、瞳がきらきらと朝日を受けて輝いていた。

まったくもって、わかりやすい。

陽一郎の大きな瞳は、隠すことなく視線の置くところを示しているのだから。

剣術における視線を置く場所は、流派によっても大きく変わる。

だが、相手の目を注視することはまずない。足元から、腰から、肩から、どこから動きの〝起こり〟があるかを見極め、攻撃に対応せねばならぬからだ。

距離にもよるが、政頼や陽一郎が学ぶ道場では、基本的に相手の顔から胸元を中心とし、可能な限り広く全身を視界に収める。

「無明と称されるのは、相手の目の明かりが届かぬところを往くから、と言いたいところだが、その始まりはまず相手の目を狙い、相手の視界を奪う技であったらしい。そこからの名だそうな」

「……声が聞こえても、義父上の姿が見えないのは、些《いささ》か不気味であります」

「まだ、おれは死霊にはなっていないぞ。ちゃんとここにいる」

陽一郎の手は空振りを繰り返している。

最初は、再び自分の左に回り込んでくるものと思っていたようだが、伸ばした左手は虚しく空を切り、右側からぴたりと首に木刀が当たる。

こちらを見る前には、すでに政頼の姿はないといった具合だ。

陽一郎からしてみれば、姿かたちのない奇妙な何かと戦っている気分だろう。

「視線を奪うだけでは足りぬ。相手の動き全てを捉えて、どこを見ようとしているのかも知らねばならぬ。繰り返していけば、いずれは相手より先に相手が見ようとする場所を知ることもできる」

「まるで、心を読まれているような気分です」

「似たようなものだ。気持ちは表情に出るだろう。それと同じように、気は身体に表出する」

程度の差こそあれ、筋肉の動き一つで次の行動は想像ができる。如何に動こうとしているかが読み取れる、と政頼は言いたいのだ。

つま先をどちらに向けたか。膝はどちらに傾いているか。肩は前に出たか、引いたのか。腰は……。

政頼は、何十年と剣の稽古を繰り返しながら、ひたすら〝見て〟きた。

同門の者たちの動き。体格や癖による違い、視線の置き場所。

誰も彼も、個性的でありながら、やはり人間であることは変わらぬ。

「無明は、一撃必殺の剣でありながら、同時に全ての動きに応用できる技でもある。だから、『秘剣』と呼ばず『秘技』とされているのだ」

「頭では理解を……いえ、撤回します。まだ頭でも理解が追いつきません」

会話を止め、ふと、政頼は動きを止めた。

膝が震え、肩で息をしている。呼吸は、まるで胸を殴られ続けているかの如く途切れ途切れで、顔中に脂汗が滲んでいた。

「義父上！」

「良い。少し、動きすぎた、だけだ」

膝を突いた政頼に、陽一郎が慌てて駆け寄ってきた。顔面を蒼白にして苦しげに唸る義父の姿に、不安の表情を見せている。

「どうぞ、手を。木刀も私が持ちますゆえ、ささ、家に戻りましょう」

「む……」

陽一郎に促され、支えられて家へと戻る。

政頼は薬を飲まなければ、これほどに体力を消耗する身体なのだ。最近は調子が良いように感じていたが、自分でも驚くほどに衰えている。

無明の動き自体、緩急が激しく体力を消耗するものである。

今までの稽古で陽一郎に見せたのはあくまで「最初」でしかない。本質はまだ陽一郎には理解できていないが、無明はただ踏み込む技ではないのだ。

自らの思考や行動だけでなく、相手の全てを自分の支配下に置く。言うなれば、その場全てを手のひらの上に置くような技である。

あと数日、どうにか動けるように耐えねば。

「すまぬ……」

「何をおっしゃいますか。私のために無理をさせてしまったのです。どうか、ゆっくり休んでください。無明についてはまだわからぬ部分ばかりですが、今日の道場でも〝見る〟稽古を積みますから」

「うむ、うむ……」

「そうだ。勢庵先生に声をかけておきましょう。今から走れば出仕に間に合いますから。では、すぐ行ってまいります」

茶碗に水を汲み、政頼の枕元に置いた陽一郎は、返事を待たずにさっと家を飛び出していった。

秘技の伝授に興奮しているのか、何やら浮かれた様子である。

どうにか水を一口含み、むせて吐き出した後、再び喉を湿らせる。

ようやく落ち着いて頭を動かせることができるようになると、政頼は枕にのせた頭をぐりぐり、と動かした。

「ふぅ……久方ぶりにやると。疲れる」

陽一郎の浮かれぶりもまた、政頼の若い頃と同じだった。

魅せられるのだ。

まるで幻術のような技である。その実、暗殺剣であることに変わりなく、多くの人の目に触れる試合では使えぬ技でもある。

よほどに習熟していても、多数を相手には難しい面もあった。

それでも、秘技として受け継がれるに値する強さがある。

「おう、まだ生きているか」

「……勢庵、か」

「陽一郎どのがつむじ風のように飛び込んできて、義父上が倒れたなんて言うものだから、悲願を達成せずに死んだかと思ったぞ」

「いや、迷惑をかけたな」

「医者の仕事とはそういうものだ。気にするな」

駕籠を飛ばしてきたようで、勢庵は想像以上に早く到着した。

勢庵の診療所に入ってきた陽一郎は、勢庵に往診を頼み込むと、そのまま走って城へと向かって出て行ったらしい。

苦笑している勢庵は、懐から小判を一枚取り出すと、政頼の枕元に置いた。

「往診と薬の代金だと言って置いていったぞ。随分と羽振りが良いのう」

「あやつめ……。御役目の支度金だが」

「なるほど、そういう金か。いずれにせよ多すぎる。釣りを出すのも面倒だから、返してておくぞ」

「ふ、お前らしい、ものぐさぶりだ」

そういう言い方で、政頼は感謝を伝えた。

死にゆく友人への手向けとしての診療代のおごりを、受け取っておくのだ。悪友とは、こういうやりとりが、合う。

「で、どうしてここまで無理をした。肺の音が酷いことになっておるぞ」

「……例の件、ようやく日取りが決まったので、な。急ぎ息子に、伝えておくことが、できたのよ」

「いよいよ、か。いつだ」

「五日……いや、今日は四日前だ、な」

そうか、と勢庵は例の薬とは別に、気付け薬を取り出して、置いた。

身体の負担はこちらのほうが軽い。その分効きは悪いが我慢しろ、と笑う。

勢庵が笑顔でいてくれるので、政頼は気持ちが軽くなった。全てを汲んで、そうしてくれるのが、何よりありがたい。

「では、湯治に出るのは三日後か。やれやれ、色々と急ぎ支度をせねばな」

「手間をかける」

「なに、わしも湯治など初めてでな。色々と勝手がわからぬのよ。……しっかりと〝準備〟しておくから、お前は安んじてやり残しがないように、せいぜいその日まで生き延びておきなさい」

薬を飲ませてくれた友の言葉が、薬の効きを促してくれたのだろう。

肺に空気を取り込めるようになった政頼は、間もなく深い眠りに落ちた。

## 六、老中襲撃

「はじめのうちは、何かで気を引くと良い」

政頼は言う。

「小石でも足元に投げてやれば、それを見るだろう。何かを取り出そうと懐に手を入れたらならば、それが何かを確認するために相手の手元を見る。人の性よな」

朝の光が届くかどうか、という薄暗い朝のひと時。

ただすらりと立ったままの政頼の姿は、細くか弱い老人であった。だが、この男を知る者は誰一人、彼をただの老人だとは思っていまい。

身じろぎ一つせずに目を見開き、耳を傾けている陽一郎も同じだ。

いや、誰よりも政頼を評価している一人だ。

「最初は、そうやって視線を操る」

どうやったのか、陽一郎の後ろで物音が立つ。

陽一郎に気づかれぬうちに、彼の背後に向けて何かを投げたのだろう。それが視線誘導の一種であると気づいた彼が慌てて目を戻すと、政頼の位置は先ほどより遠くなっていた。

悔しげに歯噛みしつつ、陽一郎は口を挟むことなく次の言葉を待つ。

「これは独りで稽古できるものではない。しかし、約束稽古では意味がない」

陽一郎は頷く。

約束稽古とは行動を決めてその通りに動く型稽古の一種であるが、どう動くかわかっている状況では視線を盗み取る訓練にはならない。

それに、相手があってこその技であるから、独り稽古もまた意味をなさない。

「普段の生活が、全て稽古になると思いなさい。道行く人がどちらへ動くのか、正面からでも真横からでも真後ろからでも、半拍前には読み取れるように」

木刀を杖のように突き、両手を重ねる。

地面を突いた、じゃり、という音が響くのに、陽一郎は視線をそこに向けることなく、政頼全体を見ていた。

正確に言えば、木刀の先までをも含めて政頼という人物全体を見ている。木刀を持ち上げ、下ろす際に前腕の筋肉と手の甲がぴくりと動いたのを見逃してはいない。

対峙している政頼は、陽一郎がそう見えていることに気づいている。

些《いささ》か見え透いた動きではあったが、これから慣れていく触りとしては悪くないだろう。つくづく婿に甘いとは思うが、厳しく指導したから良いというものではないのだ。

「稽古中、相手の動きを見なさい。対峙している相手が刀を動かす前に何が見えるのか。はじめは、よくわからぬ」

すい、と政頼が木刀を振り上げた。

あまりにも自然で、動きの起こりが見えない。

「しかし、先日お前が堂野とかいう浪人者を相手にしたとき、奴の技のからくりに衣擦れの音で気づいたように、何かしらの前兆はある」

真正面に振り下ろされた木刀。

切っ先を見ていたら気づかなかっただろうが、わずかに早く、肘が前に出ていることに陽一郎は気づいた。

同門であれば概ね同じだろう。基本は腰と足が出て、柄頭を突き出すように刀を前に滑らせてから振り下ろす動きになるのだから。

「それから、相手の視線がよく見えるようになると、今度はどこを狙っているのかが窺い知れるようになる」

木刀を先ほどと同じように地面に突いた。

その視線は、まっすぐ陽一郎に向いたままだ。

「そうすると、いつの間にやら相手の視線がどこまで届いているかわかるようになる。逆に届いていない場所がわかる、と言うべきか。そうなれば、ほれ。そこに入り込むだけだ」

「……わかりません」

「はは、言葉だけでわかられると、そのほうが困る。おれはこれを会得するのに数年……いや、数十年経つ今でも、完全にわかったとは言えぬ」

政頼は木刀を左手に持ち直し、背筋を伸ばした。

陽一郎も慌てて同じ姿勢をとり、先に頭を下げる。

稽古後に行う礼である。政頼はこれ以上、陽一郎に伝えるべきことはないと言いたいのだ。

特に激しく動いたわけではないが、政頼はやや息苦しそうであり、陽一郎は額に汗をかいていた。

「ありがとう、ございました」

「おれのほうこそ。よく話を聞いてくれた。……本当は、この技は誰にも伝えぬまま墓場へと持っていくつもりだったのだ」

「それは……なぜでしょう。確かに難しい技ではありますが、私には失伝するには惜しい技だと思いますが」

「言ったろう。何十年とやってきても、まだ〝できた〟とは思えぬ、と。この技はな。一種の呪いなのだ。剣術の道、その途上にいる者にだけかかる、恐ろしい呪いだ」

そう語る政頼の目は、暗い。

聞いている陽一郎は、背中に冷や汗が流れるのを感じ、同時に両肩に言いようのないねっとりとした重みがかかってくるのを自覚していた。

想像するだに恐ろしい。

完成形が見えない技。できたと実感できることのない無限の稽古が一生続くのだ。終わりは、死しかないかもしれない。

「だから、これをお前に伝えることは考えていなかった。だが、病を抱えた今……お前が護衛の御役目を受け、やはり剣に生きるのだと知ったときに、伝えたいと思った。そう思ってしまったのだ」

「義父上……」

「それにな、おれはもう、侍としてこの技を抱えていくのは限界だったのだ」

重苦しい言葉を、政頼は絞り出す。

「許してくれ、陽一郎」

返事を聞かず、政頼は背を向けて家へと戻っていく。

先ほどまであれほど大きく見えていた義父の姿が、今は誰よりも小さく弱く見えた。

肩の荷が下りた安堵であろうか、それとも自分に対する罪悪感であろうか。

おそらくは両方だろうと思ったが、陽一郎はかける言葉が見つからなかった。

「ありがとう、ございました」

政頼の背に、再び一礼して感謝を伝える。

なるほど恐ろしい技の継承者となったのは事実だが、その相手に選ばれたのは喜ばしいことではないか、と陽一郎は思ったのだ。

自分は認められたのだと思えば、ありがたさのほうが何倍も強い。

「小夜……。長くかかったけれど、やっと義父上に認めていただけた、そんな気がするよ。お前にも、見てほしかったな」

ぽつりと亡き妻に告げる。

ようやく本当の意味で自分が空閑家に迎え入れられた実感からの言葉か。

妻と結婚したとき、政頼は快く陽一郎を迎え入れてくれた。道場を介した紹介であったし、政頼に反対の意思はなかったのだ。

小夜は政頼のことを陽一郎に対して「寡黙な人」だと語っていた。

曰く。剣術馬鹿で不意に何か剣に関することを思いついたら家を飛び出し、道場かどこかで寝食を忘れて技の研究にふけることがある。

曰く。食事の内容に文句を言うことはないが、米だけはしっかりと量を食べるし、稽古の後には夜中でも何かを食べようとするので、飯だけは常に用意している。

そして小夜から「父に似ている」と陽一郎は言われたことがある。

「姿かたちは全然似ていないけれど、あなたも剣を振るうために生まれて来たような人だから。きっと魂の形が似ているのでしょうね」

道場の縁で小夜と結婚をした陽一郎だが、義父である政頼は、同居してからも剣の話をあまりしなかった。

同門であるはずなのに。

「義父上……私は、あなたの剣の道をたどります。そして、いずれ義父上が見た光景のその先を見てきます」

何十年先かはわからないが、その頃には政頼は極楽にいるだろうから、お互い老剣士として語らうことができたら幸せだろうとの思いが、言葉には籠もっている。

「その時には、我が子か、もしくは道場の誰かに、この呪いを押しつけてやろうかと思います。そうして続く剣の道がどこまで届くのか、それはわかりませんが……」

剣の呪いと言うが、陽一郎はそう考えれば楽しいのではないか思っていた。


そんな陽一郎の思いを知ることなく、自宅に戻った政頼は、寝床ではなく冷たい床板の上に身体を横たえていた。

粗の多いことこの上ない方法であったが、まずは無明を伝えた。

あとは陽一郎自身が技を育てるのだ。

この先を、政頼は見ることはないだろう。

もし陽一郎が無明を使う瞬間を見ることができるとしたら、それは藤岡襲撃のときであり、対象は政頼自身である。

それが、政頼としては決して嫌ではない。

因果と考えればよくできているし、侍の道を汚した罰と考えるならむしろ慈悲深い結果ではないだろうか。

「……死ぬ準備をせねばならん、な」

「義父上、私はこのまま城へと向かいます」

独り言を呟いた直後に、戸の外から陽一郎の声が聞こえてきた。

「休みではなかったか」

「藤岡さまより呼び出されておりまして……護衛について説明があるとか。終わりましたら、道場へ行こうと思うのですが」

焦っているような声の調子は、城へ急いでいるのか、それとも早く無明の稽古をしてみたいと思っているのか。

後者であるとしたら、つくづく剣術遣いは救い難い業の下にいる。

試合では使えぬ、使える状況でも失敗すれば死ぬ技を、会得したくてたまらないと身体が、魂が訴えるのだから。

「……おれのことは気にしなくて良いよ。そうさな、湯治のことを勢庵に相談しに行くとしよう。何かと支度せねばならんだろうからね」

「なるべく急いで戻り、夕餉はご用意いたしますので」

「例の茶漬けだな」

飯のことは良いから、稽古を腹いっぱいやっておいでと言いたかったが、政頼はふと考えて、言葉を変えた。

陽一郎と食卓を同じくするのは、これから数えるほどの回数しかないのだ。

思い出の茶漬けを食う約束もした。せめてこれくらいの小さな約束は守っておきたい。

「なら、任せるとしよう。青魚でも良いが、白身魚があるなら、それが良いから」

「わかりました。帰りしなに買い求めてきましょう」

「飯はまだ残っているから。頼んだよ」

「胡麻も必要ですね。それもお任せください。では、失礼します」

陽一郎が走り去る音が聞こえてくる。

さっさっと軽い音が遠ざかり、残っているのは隙間風の音ばかりか。

染みの目立つ天井を見つめていたが、明るさが辛くなって目を閉じた。

遠くで、犬の鳴き声が聞こえる。

しばらくすると、長屋の女房衆が井戸端に集まり始めたようで、洗い物をしながら、幾度交わしたかわからぬような話題を繰り返しているのが耳に届いた。

「藤岡伊織か。大して知らぬ相手だが、悪い人物ではなさそうだ」

旅館にいる家族に幾度も会いに行くような、愛情のある男だ。きっと妻を愛し、子を大切にしているのだろう。

陽一郎を評価してくれた恩もある。

そんな良い人物を斬らねばならぬとは。

「恨むぞ、鹿嶋」

そうは言いながらも、鹿嶋が繋がっている老中が悪いと断ずる気もない。

政治の良し悪しを評価する素養など持っていない政頼だが、それでも個人の性質に対して好悪があろうと、結局は政治判断が事情に即しているかが最も重要なのだと知っている。

政治闘争は、藩の将来を思ってのこともあるだろうが、権力を握れば利権を手中にできるなど、決して綺麗ごとではない。老中たちは表向き協力し合いながらも、自分が思う正しさを如何に通すかに腐心するのだ。

「良かろう。鹿嶋が選んだ人物が、この藩を良くするというのなら、この老いぼれの命くらいくれてやろう。そう約束したものな」

のっそりと立ち上がった政頼は空腹を覚えた。

釜の飯をよそうかと思ったが、夕餉に取っておかねばならぬし、何より死ぬ前にもう少しくらい美味い物を食べても良かろうと思うのだ。

「芋酒屋……は、この時間ではまだ開いていないか。そうだ、あのうなぎ屋台はまだあるだろうか」

あまり食に関心があるわけではない政頼だが、思い出の味はある。

うなぎ屋台と政頼が言っているのは、山手のほうにある川で採れるうなぎを、塩で洗って一本の串に刺して炭火で焼いたものを出す店のことだった。当時はまだうなぎは屋台の安価な軽食として提供されていて、背開き腹開きでかば焼きにするような料理はまだ登場していない。

「あの屋台の青年も、生きていればもう四十過ぎか」

あの時のうなぎのように元気でいれば良いが。

もし首尾良く手に入るなら、手土産にいくつか買い込んで勢庵のところへ持っていくのも良いだろう。

町の若衆が好むような粗野な料理を、奥方は嫌がるかもしれないが、若い頃の勢庵はあれが好物だったはずだ。濃いたれの味が酒にも合う。

「あれは、美味かった。稽古の後に食うと、脂の熱さと甘みで何とも言えぬ幸せな気分になったものだ」

老境の今は、どんな味に感じるのだろうか。

一尾全て食えるだろうか。

形ばかりの旅装を支度するついでに、色々と昔の店を訪ねてみるのも良い。

鬱屈とした考えを頭の中から追い払い、政頼は歳をとったうなぎ売りの顔を想像しながら家を出た。

死出の支度も、存外楽しめそうである。

「それで、わしはどこにいれば良いのだ」

「……城の東側に広がる町の少し向こうを流れる与嘉江川《よかえがわ》と城原川《じょうばるがわ》が突き当たる辺りに、草深い葦原があるだろう。そこで落ち合おう」

「ふむ……まあ、あそこなら人目にはつかぬ、か」

昼を少し過ぎたあたりの頃合いで勢庵の診療所を訪れた政頼は、手土産のうなぎを渡すと、いつもの診療室ではなく、自宅の一室へと通された。

これまでは入ったことのない部屋である。

診療室と違い、薬種棚も薬研《やげん》もない。調度もほとんどなく、誰の作品かわからぬ掛け軸と、磁気ではなく木製の壺が、せめてもの飾りとして置かれていた。

診療所のある建物とは中庭を挟んでおり、丁度真上からの陽がさんさんと照りつける池に、ゆるやかな風が作る波と、時折水面をなぞる鯉の背が、きらきらと眩しい光を振りまいていた。

灯篭は苔もついておらず、飛び石と同じ色合いに磨かれていた。

どこの庭師がやっているのか知らないが、年輪を感じさせるよりも、人の手がちゃんと入っているのだと主張しているような、不思議な庭だ。

そんな光景を眺めながらしばし待っていると、足音を立てて勢庵がやってきて、茶を飲みながらの歓談となった。

場所を変えたのは、診療室を息子に使わせており、患者が幾人か診察を待っているからしい。

勢庵が旅に出るにあたって、いよいよ本格的に一人での診療を始めたのだ。

「良くできた息子よな」

「なに、まだまだ経験が足りぬ。しばらくは知人の医者に手伝いに来てもらい、何かと勉強させるつもりだよ」

「代替わりの手筈は整った、というわけだ」

「お主のほうはどうなのだ。身体の調子は相変わらずのようだが」

「身体はむしろ、少し悪いくらいだ」

情けないことに、ここへ来るまでの間も、駕籠を頼んでしまった。

薬で誤魔化していたせいか、薬を使っていない間は以前よりも苦しさが増しているような気さえしてくる。

しかし、あまり薬に頼っては感覚が鈍るようなので、頼りすぎるのは良くない。最後のひと仕事に全ての力を注ぐには、むしろ薬に頼らず限界まで動ける範囲を知っておく必要があるのだ。

「だが、仕事の準備は進んでいる。……陽一郎は、おそらく数日のうちに伝えた秘技の一端を掴み取るだろう。それで、おれの仕事は一つ終わったようなものだ」

「いやいや、そこではなかろうよ。もっと念入りにせねばならんことがあるだろう」

「何を言う。空閑家の将来を支える若者に指導をするのだから、これ以上のことなどあるものか」

とはいえ、勢庵を巻き込んだ以上、説明は必要であると思い直し、政頼はこれから数日のうちに済ませておきたいことについて語る。

勢庵にも頼みたいことがあるので、まず聞いてほしいと政頼が言うと、勢庵は腕を組み、まっすぐに視線を向けて言葉を待つ態勢になった。

まるで否定を表しているような格好だが、つい何かを触って気が散ってしまう癖を封印する、勢庵にとっての〝聞く姿勢〟なのだ。

「今日のうちに、脚絆《きゃはん》やら笠やらを買い求めて、旅の支度をする。もちろん偽装ではあるが、きちんとやっておけば陽一郎も信用するだろう」

「城下の店を回れば、すぐに揃うだろうな」

「だろう。それで、明日からは襲撃の場所を選び、先ほど伝えた合流場所までの逃げ道を確保しておく。どうせ早くは走れぬからな。昼間でもある。場所は慎重に選び、堀でも林でも人家でも、なんでも使って隠れながら逃げるつもりだ」

着替えも用意し、顔を隠して町の中に紛れてから逃げると決めている。

近くに逃げ込める場所を用意し、そこで変装をするのだが、当然、襲撃時にも顔を隠し、誰よりも陽一郎に気づかれぬようにせねばならぬ。

そしてもう一つ、偽装に必要なものがある。

「刀を、一振り用意したい」

「それならば、旅装と同じく町で買えば良いではないか」

「そのつもりであったが、考えてみろ、おれのような老いぼれが新しい刀を買い求めるなど、目立って仕方があるまい」

逃走の際に放棄する可能性が高い刀を今から買い求めると、刀剣商から自分の存在が知れてしまう可能性がある。町方がそこまで調べるかどうか不明だが、老中が襲われたとあっては、小さな繋がりでも見つけ出そうとするだろう。

かと言って、政頼が今持っているものを使うのも駄目だ。拵《こしら》えも銘も、陽一郎は全て知っている。

「頼みたいのは、顔を隠す頭巾を二種と、刀なのだが、入手できる心当たりはあるだろうか」

「……少し待て」

目を閉じて何かを考え始めた勢庵は、のっそりと立ち上がって部屋を出て行った。

政頼がちらりと中庭を見ると、白鷺が一羽、いつの間に飛んできたのか、池のほとりに立っていた。

白鷺はじっと池の様子を見ていたが、自分の口に入るような魚がいなかったのか、視線を他に移したかと思うと、大きさに見合わぬ静かさでふわりと飛び去った。

「待たせたな」

勢庵が入ってきたときには、中庭の様子は初めから何も起きなかったかのように元通りである。

「これを使え。砥ぎに出して大分経つが、しっかり手入れはしてあるから問題はなかろう。頭巾も持っていって構わぬ。どちらも父の遺品だが、誰も使わぬでな」

「形見ではないか」

「そんな大層なものではないよ。剣術など嗜み程度にしかやっていなかった父だ。数打ち刀も良いところの安物であるし、銘も入っていない。この程度の刀の一振りなど、形見とは言わんよ」

頭巾にしても、箪笥《たんす》の肥やしになっているだけのもので家族ですらそんなものあったかどうか憶えてもいないに違いないと勢庵は言う。頭巾はないかと政頼が問うたから思い出したものの、そうでなければ虫に食われて朽ちていただけだろう、と。

「いずれにせよ、どちらも来歴が追えるようなものではないから、ほれ、風呂敷にでも包んでどこぞに隠しておけば良かろうよ」

「……感謝する」

「まったく、大いに感謝してもらいたいものだな。仕事の後で合流してからのことは、わしに任せておけ。悪いようにはせんから」

言われた通りに、刀と頭巾を丁寧に風呂敷で包んだ政頼は、それを抱えて勢庵の家を辞した。

次に会うのは、殺風景な葦原の中であり、政頼の死後の始末をやってもらうときだ。

「五体満足でなくとも良い。兎にも角にも、生きて、葦の原まで来い。ちゃんと待っておるから」

「もちろんだ。お前に看取ってもらう約束を守らねば、な」

「ふん、夫婦でもあるまいし、気色の悪い話だ」

「まったくだ。……そうさな、ふふふ、まったくだ」

門扉の前で、最後は笑顔で別れることができた。

政頼はそれで充分であり、死に際しての憂いはもはや残っていない。

それからの足取りは多少軽くなった。駕籠を使わずにゆるゆると歩き、例のからすという浪人者に占拠されていたぼろ小屋へと刀と頭巾を隠した。

竹林を抜けるのは少々骨が折れたが、他に安全な隠し場所を知らない。城下を視察するのであれば、城の西と南、古い家来衆の家や長屋が多い場所は見ていくはずだと政頼は予想している。

であれば、町家と家来衆の家に近いここで準備をして、襲撃に向かうので問題ないだろう。

前日のうちに湯治へ向かうとして家を出て、この小屋で一夜を明かす。そうして支度を整えて藤岡を襲撃し、事を終えたのちに、着替えて勢庵と落ち合う。

斬られるはずの腕を縛るさらしもここに置いておく。そして、当日はからすが遺した衣服を使うつもりであった。

からすの刀は刃こぼれが酷く、砥ぎに出すわけにもいかぬので、勢庵から譲り受けたものを使う。

「からすは死んだと思われているが、それに似た男が藤岡を狙う。件の失脚した老中との繋がりを疑う者もいようが、鹿嶋はからすが死んだことを知っている」

当日は、からすが遺した刀子《とうす》も使用するつもりでいる。

これで、陽一郎は下手人がからすであると考えるかもしれないが、老中たちの間ではそんなはずはないと否定されるだろう。

現場と上で認識はちぐはぐになり、誰ともつかぬ下手人が出来上がる。

しかも、その下手人が腕を失って逃げたとなれば、もはや死んだと考えるだろう。

「陽一郎の中で、おれは湯治に出かけていることになる。前日のうちに、勢庵と共に番所の前を通って城下を出ておけば、まず問題なかろう。それから顔を隠して戻るなどわけもない」

生まれてからずっと暮らしてきた藩の領地だ。隅から隅まで熟知している。

許可状を持って通ったことを番所が確認していれば、より信用されるであろう。勢庵には、面倒だが野宿でもなんでもして、翌日を待ってもらう。

襲撃の場所も、概ね決まっていた。

見分の具体的な場所は不明だが、使う道は大方わかっている。

「藤岡が馬に乗って通りがかったところ、一気呵成に襲いかかるとしよう。いや、それ以外にはできぬ」

長い時間をかけてしまうと、もう政頼のほうが動けなくなってしまう。

死しても問題だが、生きて捕縛されるのはもっとまずい。鹿嶋との繋がりが露見してしまう可能性が大なのも問題だが、何より陽一郎の立場が危うくなる。

当人の衝撃も如何ばかりか。目も当てられぬ有様となろう。

「失敗は、許されぬ。いや、万が一、討ち損じた場合でも、おれは密かに死なねばならぬのだ」

竹林の隠し小屋を出た政頼は、城下の店を回ってこの日のうちにできる準備を終えると、ふと思い至って刀剣商を訪ねた。

「ごめんよ」

「何か、御用でしょうか」

奥から出てきた手代と思しき青年は、政頼の草臥《くたび》れた姿を見て訝しむような、憐れむような目線を向けてきた。

他の多くの藩士たちが、賄賂の資金を作るためそうしたように、この老人も刀を引き取ってほしいと言い出すのだろうと考えている目だ。

疲れも混じったその表情に、政頼は嫌悪よりも同情心を強く感じた。

「刀を、拵《こしら》え直したいのだが」

「拵《こしら》えを、でございますか」

「そうとも。この歳ではもう、刀を振ることも叶わぬし、もはや隠居の身で打刀を佩《は》いて歩くのも疲れるのでな」

「手放されるのでは、ないのですか」

そうしてほしいわけでもなかろうに、確認するように聞いてくるのは、政頼の依頼がそこまで意外だったのだろうか。

ちょいと可笑しくなってきた、と内心思いながら笑い、政頼は否定する。

「いいや、息子に譲ろうと思って、な。ありがたいことに刀を振るう御役目を頂いたので、予備が何振りかあっても良かろうし」

「然様《さよう》でございますか。それはそれは……」

「良くできた息子だよ。だから、せめてこれくらいは遺してやりたくてね。どうだろうか、これで、足るものかな」

政頼は、鹿嶋から受け取った前金から二両を出して、手代の前に置いた。

また手代が驚いたように目を見開く。どうも陽一郎と同じように、この手代も表情を隠すという真似が苦手らしい。

商売人としては疵《きず》かもしれぬが、人としては好ましい。

「こ、このような大金……」

「これで、できるだけ立派に仕上げてもらえるかな。今は長屋に暮らす貧乏侍だが、中身はとても立派な侍なのだ。近いうちにきっと、立派な刀が似合う男になるから、ね」

「誠心誠意、心を込めて仕上げさせていただきます。当店は腕利きの職人を擁しておりますので、どうぞ安んじてお任せを」

そそくさと金を受け取り、台帳に注文の仔細を書き込んだ手代は、わざわざ店の外まで見送りに出てきた。

先ほどまでとはまるで違う、明るい表情で、ゆるりと歩く政頼を気遣い、手を差し伸べて「お足元にお気をつけて」などと言葉をかけてくる。

どうも、表情がころころと変わって愉快であった。

「おれの形見になる刀だから、くれぐれも、よろしく」

「どうぞお任せください。数日のうちに仕上げて、お届けいたしますから」

「そうしてくれると、助かるよ。では」

久しぶりに、腰が軽い。

刀を持たずに外を歩くとはこういう気分なのかと思い、折角だからと物陰で袴も外して着流しの格好になってしまった。

袴は、さっきまで刀を包み運んでいた風呂敷に包み、小脇に抱える。

髷さえ違えば、そこらの町人の御隠居にも見えるだろうか。

「そういう人生も、あったかもしれない」

理京屋に誘われた、商人になる話を思い出して、政頼はにやりと笑った。

人生は、色々な可能性に満ちているのだ。

侍であった自分を嫌いではないが、陽一郎には、そして生まれてきてほしいと願う孫には、もっと広い未来が見える人生を送ってほしい。

陰鬱とは無縁の、なぜかしら心躍る死出の支度は進み、同時に陽一郎の無明の稽古も進んでいるらしい。

毎日、大切な日々を過ごし、とうとう出立の日がやってきたときも、政頼は苦しみこそ胸に抱えていたが、心は晴れやかであった。

夜明け前、陽一郎が出かけるときにはもう、政頼は脚絆《きゃはん》をつけて足拵《あしごしら》えも厳しい旅装へと着替え、荷物をまとめた風呂敷や笠も万全である。

「刀は、お持ちにならないのですか」

「年寄りが旅をするには、あれは重すぎる。もうおれは侍とは呼べぬ立場であるし、脇差だけあれば、なんとでもなるさ」

「そうですか……。では、私は先に出仕いたしますので、どうぞ道中お気をつけて」

陽一郎はそれ以上刀について触れることはなかった。

この数日というもの、嫌というほど政頼の実力を思い知らされてきたせいで、老いて病んだ義父とはいえ、脇差だけでは危ないとは思えないのだろう。

「ああ。明日の御役目、あまり気を張らずに頑張りなさい。……そうだ。おれの刀は砥ぎに出しているのだが、今日あたりに刀屋が持ってくるだろうから、受け取っておいておくれ」

「わかりました。では、行ってまいります。無事の帰りを、お琴と共にお待ちしておりますね」

陽一郎が出て行ったのちは、静かになった。朝が早いせいか、外の音もない。

簡単であっさりとした別れであり、陽一郎の側は今生の別れなどとは思っていないのが明らかだが、政頼はこれで良かったと思っている。

家の中をぐるりと見回し、手伝いの婆さんが昨日のうちに作ってくれた味噌汁を、冷めたまま一口啜《すす》った。

そして、政頼は長年住み慣れた長屋を出た。

その日の夕刻、早めに戻った陽一郎は刀を受け取ったのだが、持ち込んだ商人の言葉に愕然とした。

「こちら、空閑政頼さまより、息子の陽一郎さまへ形見としてお譲りになられるため、とご依頼を受けまして、丁寧に丁寧に拵《こしら》え直させていただきました。どうぞ、お納めくださいませ」

陽一郎はその言葉で全てを思い知った。

義父は、戻らぬ覚悟なのだ。

「悪くない」

竹林の奥、薄暗いぼろ小屋の脇で、二度、三度と刀を振った政頼は独り呟いた。

勢庵がくれた、彼の父の遺品だという刀は、長さ二尺三寸五分。政頼の体格に丁度良い。幾度か顔を合わせたことがある勢庵の父親は、勢庵同様に大柄であったから、この刀はむしろ短すぎたのではなかろうか。

剣術が苦手という以前に、身体に合わぬ刀だったのだろう。

二つ渡された頭巾は、どちらも桐の香りが移るほどに長く仕舞い込まれていたらしいが、香をきつく焚き染められているよりは、ずっと良い。

頭巾をかぶる。視界はやや狭くなる。

特に左右の視野が狭まるのは不快感が大きいが、顔を隠す目的のため、致し方ない。

しばらく頭巾をつけたまま刀を振るってみたが、想像していたよりは楽に動ける。

息苦しさはさほどでもない。

「この頭巾、良い物なのでは。勢庵め、ほいほい寄越して良かったのか」

今さら遅いのだが、暗殺などという真似に使うにしては、些《いささ》か上等すぎるような気もする。

ともあれ、準備としては問題なかろうと判断し、政頼は小屋の中に入って酷い臭いを放つ布団に横になった。

からすが持ち込んで使っていたもののようだが、どこかで拾ってきたのか、使いこんでこうなったのか、汗と男の臭いでむせ返りそうだ。

「末期《まつご》の宿がこれとは、野宿のほうがまだましかもしれぬ。……さて、勢庵は首尾良くやっているだろうか」

陽一郎を見送った後、朝早いうちに出かけた政頼は、勢庵と共に街道を東へ向かって番所の前を通り、念のためと言って藩外への通行許可証を見せた。

鹿嶋が手配してくれたもので、一応は藩士としての籍を持っている勢庵と、隠居済みではあるが藩の名簿には載っている政頼と、いずれも正式なものが用意されていた。

昔ほど厳密に管理されているわけではないが、城下を出た、と印象付けるには都合が良かった。街道を一刻ほど歩いてたどり着く、この番所を通り過ぎれば、あとは長閑な田園風景が広がっている。江戸へと続く街道ではあるが、大して人通りもない。

涼やかな風が吹く中、街道をゆるゆると二人で並び歩く。

街中を抜けてすぐの辺りは新しい店や詰所が新設され、道幅も広く整備されているのだが、この辺りは昔と少しも変わらぬ。

しっかりと締固められた道は歩きやすいが、馬が通るときには少し脇へ避ける必要がある。いずれこの辺りも手を入れるのだろうが、果たして何十年先になることか。

「この辺りで良かろう」

「そうか。まま、そう急いで別れることもあるまい。弁当を用意しておるから、食うてからで良いではないか。妻が珍しく手ずから作ってくれたのだ。お前も食え」

「そうか、では馳走になろう」

街道脇の畦道に座り、収穫を終えたばかりの田んぼを眺めながら握り飯を食べる。

ぎゅっと力強い握り飯は、一つで腹が膨れるほどに食べ応えがあった。添えられた沢庵も爽やかで、水筒の渋い茶が合う。

「あ、なんだ。握り飯の中身は梅干しではないか。わしはこれが苦手だというのに」

「ははあ、奥方はおれの好みに合わせてくれたのだろう」

「お前の好みなど知っているはずがなかろうが。これは息子の好みだ。あいつめ、もうわしより息子に愛情が移っておるな」

「何を言っている。そんなのは当たり前ではないか。威張るばかりの老いた旦那と、手塩にかけた息子とでは、比べようがあるまい」

昔はもっと気を遣ってくれたのに、とこぼす勢庵に、政頼は苦しくなるほど笑った。なんとも贅沢な悩みで羨ましくもあるが、友人が良い家庭を持っていることが何よりも喜ばしい。

「ではな」

「うむ。では明日にまた会おう」

最後は短い言葉を交わす。

そして政頼は旅の荷物を勢庵に渡して、別れた。

街道を外れて頭巾で顔を隠し、けもの道を使って城下の街並みを抜けてきた政頼が、ようやくぼろ小屋へ着いたのは、もう陽も傾き始めた頃であった。

明るいうちにと急いで刀を試してみたのだが、すぐに夜は訪れる。竹林の奥は闇の訪れが早いのだ。

人目を避けて城下をぐるりと回り込んできたこともあり、政頼は強い疲労を感じて身体を横たえる。

仰向けのまま、政頼は目を閉じて今までのことを思い返そうとしていた。

ところが、思い出せるのはここ最近のことばかりである。妻や娘の姿も憶えてはいるが、どうしても陽一郎との記憶のほうが新しく、鮮明なのだ。

その陽一郎と刀を合わせることになる。絶対ではないが、ほぼ確実に彼は政頼の前に立ちはだかり、藤岡を護ろうとするだろう。

「恐ろしくもあり、楽しみでもある。……まこと、業深よな」

この数日。たった数日ではあるが、陽一郎は着実に無明を自分のものにしつつある。

天性の鋭敏さがあるからこそだが、それ以上に、彼は政頼を信じて愚直に稽古を繰り返す才能があるのだ。

信じて迷わぬ魂が、何よりも陽一郎を強くしている。

「はてさて、この老いぼれが気鋭の若者に勝てるかね」

そうは言うが、政頼はむざむざ斬られるつもりなどない。

ただただ、陽一郎の成長が楽しみなのだ。末期《まつご》の戦いでそれが誰よりも間近で見られるのだから、これは親の幸福と言って良いのではないか。

穏やかに数刻の眠りについた政頼は、夜明け前に目を覚まし、薬を飲んだ。

体調は悪くない。

外を見れば、天気は曇りである。雨が降るやもしれぬが、それならばそれで良い。

暗殺には、良い日和である。


「良い日和である」と藤岡は馬上に上がり言った。

「これより門外へと出て城下の見分を行う。曇りであるのは、涼しくて良い」

参るぞ、と藤岡が馬を進めると、前と左右を固める護衛たちも歩き出す。

そのうち、陽一郎は左側にいた。

左腰の刀を右手で抜くという動きの特性上、左側は襲撃の際に最も対応が難しい位置であり、藤岡は特に陽一郎の腕前を買って配置したのだ。

「藤岡さま。かの侍従どのはおられぬのですか」

以前に見た、あの薄気味悪い人物の姿が見えぬのだ。藤岡は今日の供回りには連れてきていないらしい。

「あれは城内に残してきた。言った通り、実務は信頼に足るが、剣はできぬからな。いても空閑くんたちの邪魔になりかねん」

「然様《さよう》ですか。差し出がましいこと、失礼いたしました」

「良い良い。では、頼んだよ」

この数日の間に、藤岡は幾度となく職務中の陽一郎を呼び出していた。

二日前には完全に自分の配下として移籍させており、下準備の合間にも言葉を交わしている。傍から見ても、取り込みにかかっているのがわかるほどに。

藤岡が陽一郎という人物を見定めるためであったが、それは同時に陽一郎が藤岡を知る機会になった。

「この街道が開通すれば、藩の財政はかなり潤う。江戸や上方に行き来する際の分かれ道ともなる要所であるから、宿場が整えば利用する者は大名や商人などを問わずさらに大きく増えるであろう」

「なるほど」

陽一郎は、ただ納得したように返す。口を挟む権限もなければ、知識もない。

彼が藤岡について気になっているのは、口を開けば財政の話、金のことばかりが目立つ部分であった。質素倹約に励み、財政を立て直そうという気概はわかるが、些《いささ》か行き過ぎている気もする。

節制を唱えたかと思えば、粋に見せたいのか時折豪儀な振る舞いも見せるが、人に良く思われたい気持ちが透けて見えるのだ。

「城の北部を東西に貫く街道が整備され、城下南部に新しい家来衆の家が増える。また、西には普請《ふしん》のため資材を用意する材木問屋が集まる町ができつつあるゆえ、その辺りの武家屋敷は整理せねばならぬ」

整理する、と藤岡が言う辺りには、陽一郎が政頼と住む長屋もある。

追い出されるのか、新しく家が用意されるのか、気にはなったが、ここで尋ねるのは失礼になるのでは、と口を噤んだ。

藤岡の話に耳を傾けながらも、陽一郎は周囲をしっかりと見ている。いや、正確に言うならば視界に入る全体を満遍なく注意している。

馬の向こうにいる右側の護衛は見えないが、前を行く男はひたすら真正面に注意を向けているようだ。

城下をぐるりと巡る一行は、ややさびれた地域に入った。

この辺りは陽一郎の家に近く、転封で出て行った武家が多いこともあり、空き家も相当に多い。

ゆえに人通りが絶えている場所であり、もし襲撃者がいるとすれば特に注意すべき場所であった。

そして、藤岡の次に危険なのは陽一郎である。

侍の左側は、心得があっても右に比べて対応が難しい。それがわかっている者であれば、左から来る。特に、左のやや後方から。

耳を澄ませ、同行者たち以外の足音がないかを探る。

鞘を握る手に汗が滲み、鍔に触れる親指にぬるりとした感触があるのを、袴で拭った。

無意識に、左側へと注意が集中してしまう。

他の護衛とは昨日顔を合わせたばかりで、どちらも以前より藤岡伊織を知る新参者であった。藤岡は「遣り手だ」と言っていたが、どの程度かはわからぬ。

「この辺りは、特に注意が必要かと」

「そうかね。……特に誰も見えないようだが。君たちも気をつけてくれたまえ」

陽一郎の注意を鷹揚に受けた藤岡は、残り二人にも注意を促した。

斯様《かよう》に、陽一郎と他の護衛の間には壁がある。直接言葉をかけたとしても、返答は「おう」や「ああ」程度のものだ。急に取り立てられ、可愛がられている陽一郎を疎ましく思っているのか、ただ単に居残り組の武士に対する反発心からのものか、目つきからしても決して良い感情がないのはわかる。

連携は、期待できない。

不安を抱えたまま、ひときわ大きな商家の屋敷前を通る。

ここは藩の重鎮が特に贔屓にしていた大店《おおだな》の主人が住んでいた屋敷で、転封に従って藩主たちと共に商家がまるごと新たな領地へと移動してしまったため、今は空き家になっていた。

立派な屋敷だが、武家屋敷とは様式が少々異なるため、誰かが移り住むわけでもなく、朽ちるに任せるような状況だ。

陽一郎からは、馬の向こう側になる。

簡素な竹塀に賊が潜んでいる可能性も考えたが、自分の手が届かぬ範囲のことなので、右側の護衛に任せざるを得ない。

一言注意を促すべきかとも思ったが、やめた。

煙たがられるだけだ。

ため息が、陽一郎の口から漏れた。

その時であった。

「うあっ！」

悲鳴があがる。

陽一郎の目が、藤岡を見るが、声の主は違う。

「曲者め！」

これは前方の護衛である。

動きを見て、右からの襲撃だと知るまで時間はかからなかった。

しかし、動きには迷いが出た。

馬を走らせて藤岡を逃がすのが先か、それともぐるりと馬の向こうへ回り込んで賊に対応するべきか。

あるいは、左からも敵が来る可能性に備えるべきか。

「く、空閑くん！」

「伏せて、身体を低く！」

今言えるのはそれだけだ。

直後、藤岡がそうしたのか、やにわに馬が走り出した。

護られる側としては正解だろう、と陽一郎は馬がいなくなって開けた右側面を見る。

そこには、二人の護衛が賊と対峙している光景が広がっているはずであった。

「なんと……」

しかし予測は当たらず、護衛はすでに二人とも斬り伏せられていたのだ。

いずれも即死であろう。揃って血溜まりに倒れてぴくりともしない。右側を守っていた男など、刀を抜くことすらできなかったようで、両手をだらりと放り出した格好で突っ伏している。

そして、陽一郎はそこに立つ賊の姿にも驚きを隠せなかった。

「あの時の……いや、違うのか」

黒くくすんだ着物と薄汚れた袴は、お琴を襲った浪人のそれであったが、同じ痩身と言っても雰囲気はまるで違う。

右手に握る刀も、あの時に見た長い物ではない。

しかも、立ち姿から漂う恐ろしいまでの殺気は桁違いであった。

「賊め。何者か。名を名乗れ」

誰何《すいか》しても、賊は無言であった。

頭巾の薄い隙間から覗く眼光は、曇っているような鈍さであり、どこを見ているのか判然としない。

わからない。

相手が読み取れない。

「問答無用か。だが、ここより先には行かせん！」

陽一郎は叫び、抜刀と同時に踏み込む。

動きが読めぬなら、動かせるまでのこと。

抜刀術の腕は居合遣いに比べられぬが、決して遅いわけではない。対応すべく相手が動けば、狙いも読めようと考えた。

抜き打ちの一撃は、退きで躱《かわ》された。

返す刀で突きを入れるが、これも届かない。

「くっ……」

どうも距離感がおかしいと気づいた陽一郎は、自分が熱くなっていると気づいて、一足飛びに距離をとった。

慌てる必要はない。藤岡を乗せた馬は走り去ったのだから、落ち着いて賊を処理すれば良いだけのこと。複雑に考える必要はない。

まず、冷静でなければならない。

相手を観察し、読み取る。聞き取る。嗅ぎ取る。

五感全てで相手と相手の周囲を知るのだ。

放たれる威圧感に目を背けそうになるのをこらえ、義父から学んだことを今ここで実践するのだ。

「……来い」

正眼の構えから、やや切っ先を下げる。

義父がやっていた行動をなぞったのは、意識してか否か。視界を広く確保した陽一郎は、肩の力を緩め、膝を柔らかくして如何ようにも動ける姿勢をとった。

硬くなってはいけない。相手の視界の届かぬ隙間に滑り込むのだ。

一呼吸、二呼吸。

鼻から息を吸い、ゆっくりと唇の間から吐き出す。呼吸で肩が揺れることはない。調子を一定にせず、相手に隙を見せない。

と、滑るように迫った賊の一刀が、音もなく陽一郎の首筋を狙って突き出された。

これを、切っ先を添えるようにして弾いた。

続けてきた、袈裟斬りに対しては、足を引いて避ける。

陽一郎は相手の手首に対して反撃を試みたが、なんと鍔を使って軽く弾かれてしまった。驚嘆すべき技量である。

「完全に見切られた……だが、こちらの有利は変わらない」

陽一郎は自分に言い聞かせる。技量は高くとも、そもそもの体格差があり、腕も刀もこちらが長いのだから、と。

斬ることを狙うのではない。触れるだけで良い。斬るのは刀が勝手にやってくれる。

ふいに、敵の視線が動くのを感じた。

刀を見ている。

陽一郎が持つ、義父の形見を見ている。

隙を見せたような気もしたが、ここで相手が注視する必要性がわからず、陽一郎は動けない。

「……笑った、のか」

頭巾から覗く敵の目が、ふと細くなった。

眩しさを感じているような、微笑んでいるような、どこか穏やかで優しいような。

そんな印象を覚えた陽一郎の、わずかな緩みを敵は見逃さなかった。

「ぬぅん！」

陽一郎はほんのわずかだが反応が遅れた。

気をつけていたはずが、相手の視線に集中するあまりに片手で逆袈裟に斬りかかってくる動きの起こりを見逃した。

だが、油断があっても陽一郎は冷静ではあったのだ。

視線を刀に釘付けにされることなく、相手の左腕がさりげなく刀子《とうす》を投げてきたのも見えていた。

「見えた！」

一歩引く。

距離を作りながら柄頭で刀子《とうす》を叩き落すと、同時に目の前を相手の斬撃が通り過ぎていった。動きは、見切った。

手の甲を浅く斬られたが、刀を落とすほどのことではない。いや、痛みを感じている余裕もない。

それは、陽一郎の腕前であっても習得には数年かかると思われた感覚。

敵の振るった攻撃そのものが、敵の視界を防ぐ。その瞬間を知る。

見えた、と陽一郎が叫んだのは、刀子《とうす》の投擲《とうてき》に対してではない。さりとて振るわれた刀の軌跡のことでもない。

相手の視界に生まれた闇。無明が示す好機。

敵に見られることなく入り込める、間隙が作り出す道。

迷いはない。

するりともぐり込むように踏み込む陽一郎の脳裏には、義父政頼が見せてくれた奥義があった。

見えているはずが、見えない。

意識の外側。

まるで長くゆったりとした時間のようにすら感じるのは、自分が無明の最中にいるとの実感からだろうか。

刀が届くと表現するには近すぎるほどの距離へと接近した陽一郎が選択した動きは、八相だった。

相手の胴体へと浴びせるような一刀。

類まれなる膂力と鍛え上げた速度に乗ったそれは、賊の身体を斜めに両断するが如き勢いである。

「浅かった、か」

「ふっ」

「笑うか。腕を失っても」

だが、またしても陽一郎の想定は外れる。

その右腕は肘から先を失っており、腕もろとも刀を失っているが、相手は悠然と立っていた。

夥しい血が流れているが、それでも身じろぎ一つしない敵は、まるでそうなるのがわかっていたかのように落ち着いていた。

「もはやこれまで。手当てをするゆえ、縛につきなさ……」

陽一郎の言葉は、途切れた。

話しかけた瞬間に賊の姿を見失い、次の瞬間には首に手刀を受け、唸り声と共に昏倒してしまったのだ。

陽一郎は、奥義を見つけて、そして敗れた。


「……危なかった」

陽一郎が気を失ったことを確認し、賊である政頼は嘆息した。

最後の一撃は掛け値なしに素晴らしいものだった。あれが、政頼からの誘いによるものでなければ、今頃倒れていたのはこちらのほうであっただろう。

実戦で陽一郎が見せた動きに感心と畏怖を覚えながら、政頼は以前に勢庵からもらったさらしで二の腕をきつく縛った。

血はまだ止まらないが、多少はマシになるだろう。

「さて、仕事の仕上げをせねば」

政頼は動き出した。

先ほど馬が走り去ったほうへと。

「さて、何町走れたであろうな、あの馬は」

藤岡が乗っていた、いや、しがみついていた馬が走り出したのは、藤岡自身がそうさせたわけではない。

最初の護衛を斬り倒した際に、政頼が馬を傷つけて走らせたのだ。

果たして、しばらく歩いたところで馬が息も絶え絶えの様子で倒れているところに行き当たった。

その傍らには、馬の巨体で足を挟まれて悶えている藤岡の姿がある。

「は、は……」

「む。落馬して肋骨を折ったな。受け身もとれぬとは、情けない」

「助けてくれ……わ、わしが何をしたと……」

「すまないが、善悪の別でこうするわけではないのだ。ただ、あんたが誰かの邪魔だったというだけだよ」

詳細も知らぬまま、恨みがあるわけでもないのに人を斬る。

この一件だけでも、地獄行きは免れまい。

懐からまだ残っていた刀子《とうす》を取り出した。これもまた、からすのねぐらから拝借したものだ。

「おれにできるのは、せめて一刀で終わらせることのみ。ささ、最期は侍らしく落ち着かれよ」

「やめ……」

「御免！」

藤岡の腕を踏みつけて押さえ込んだ政頼は、刀子《とうす》を左胸に深々と突き立てた。

組内術で教わった通りに、左の手のひらにて、ぐい、と深く差し入れる。

どくん、と心臓が跳ねる手応えが響き、藤岡は絶命した。

「ふ、ふぅ……」

呼吸が苦しい。血を失いすぎたのだろうか。身体が重たくなってきたのを、膝を叩いてようやく立ち上がる。

「勢庵と、鹿嶋、に、会わねば……」

視界がぐるりと歪む。まだ日中だと言うのに、いやに暗い。
支えが欲しい。藤岡の腰から刀を拝借して、杖代わりにする。
身体を引きずるような足取りは、這うような遅さだ。
「陽一郎、生きろ、よ……」
自分の分も、小夜の分も、どうか、どうか。
死の縁にありながら、政頼はただ陽一郎の幸福だけを願い、唱えていた。

## 終、仕儀相成《しぎあいな》り

果たしてどこまで歩いたか、政頼は自分ではわかっていなかった。

ただひたすらに、重い身体を支え、歩いていたのだ。

誰かに見られてしまわぬように、と人気のない場所を選び、血の跡が残らぬように、袴を脱いで腕を包み込んだところまでは憶えている。

どこかの塀にもたれかかったところで、膝を突いたような気がする。

「むぅ……！」

「おう、痛みで目を覚ましたか。このまま死ぬかと思うたぞ」

「勢庵、か」

耐え難い痛みで目を覚ました政頼は、多く血を失ったせいか、目を開いても視界は水が滲んだようにぼやけていた。

辛うじて、声の調子で目の前にいるのが勢庵であるとわかる。

視界の具合に嫌気がさして顔を擦ろうとして、腕にまた酷い痛みが奔《はし》った。

この痛みが、政頼の意識を明瞭にする。

「そうか、もう、ないのだな」

「ああ、綺麗な切り口だ。陽一郎どのか」

「うむ。動いている相手を斬ったというのに、大した腕前だ。……いや、拵《こしら》えを直したときに砥ぎもしたのだ。あれは、そう、あの店の職人、腕は良い」

記憶に混濁が少々見られる、と勢庵はみた。思考があちこちに飛んでいる。

脈は弱まっているが、今すぐ死ぬということはないだろう。

瞳孔も、問題はない。

「なぜ、おれは生きている」

「ようやくそこに気づいたか」

「確か……そう、顔を焼く話だったはず。だが、焼ける臭いはあるが……」

「焼けているのは、お前さんの腕だよ。乱暴だが、切り口を焼いて塞がせてもらった」

場所は打ち合わせていた葦原であった。

城の東を流れる城原川の河原、草が生えていない場所で炭を焚き、鏝《こて》を焼いて腕の止血に使ったのだ、と。その痛みで政頼は目を覚ましたらしい。

大変な苦労だった、と勢庵は言い、血液が焦げついたのが黒々と付く鏝《こて》を、無造作に川へと投げ捨てた。

身体を暖めたほうが良いと判断し、炭の火は消さず、横たわった政頼を少しだけ近づける。

「正直、わしはここまでたどり着けずにお前は死ぬと思っていたよ」

「憶えておらぬ……が、ここにいるということは」

「仔細はわからぬ。待っていると葦をかき分ける音がしたので見に来たら、お主が倒れていた」

「そうか……」

勢庵は血塗れの頭巾を炭火にくべた。

ちりちりと音を立てて、乾いた血液が焼けて嫌な臭いが漂う。

その臭いが、政頼の記憶を再びかき回した。先ほどの疑問が浮かぶ。

「う……まて、まだ、聞いておらぬ」

「殺さずにおいた理由か。なら簡単だ。侍、空閑政頼はとっくに死んでおったから、改めて殺す必要はなかったのだ」

「何を……勢庵、お前、泣いているのか」

水を飲まされ、ようやく視界が戻ってきた政頼は、どっかりと座って自分を見下ろしている勢庵が滂沱の涙に顔を濡らしていることに気づいた。

それを拭うこともせず、勢庵はかすかに震えた言葉を紡ぐ。

「わしが、まだ生きている友を焼くような男だと思っていたなら、これほど薄情なことはないぞ。右腕も、刀も、誇りも失い、お主はもう侍ではなくなった。侍、空閑政頼は死んだのだ」

「……悪いとは思うておる。だが、剣を失ったおれには、何も残っておらぬ」

「剣を知らなかったお主も、良い奴であったと憶えているぞ」

「いつの話か……」

「お主が、政頼ではなく清十郎《せいじゅうろう》であった頃だ」

それは、政頼の幼名であった。

勢庵が田之丸《たのまる》であった時分であり、彼らが出会い、同じ侍の子としてあれやこれやと悪戯《いたずら》をしては、親にこっぴどく怒られていた頃。

もはや忘れかけていた、記憶もおぼろげな幼少のこと。

「もう、良いではないか。お主は侍の政頼ではなく、清十郎として、わしという友と老境の旅を楽しめば良いではないか。傷に効く湯もあるだろうさ」

「なんという理屈だ。おかげで死に損ねたぞ」

「死ななんだら、生を愉しめ。そのうち、孫に会いに戻ってくれば良かろう。医者のわしが一緒なのだ。簡単には死ねぬと思え」

泣きながら、勢庵は笑っていた。

「友を置いて逝こうなどと思うなよ。寂しくなるだろう。嫁や娘の後を追うにも、まだ早い。お妙さんにしてもお小夜ちゃんにしても、旦那の世話をしなくて良いのだから、今は極楽で気楽にやっていることだろう。いま少し待ってもらっても、罰は当たるまいよ」

「ふ……どうも、とんでもない悪友を持ったようだ」

生かされてしまった以上仕方がない、と未だだるさが残る身体を起こし、政頼は勢庵と真正面から向き合った。

改めて失った右腕を見ると、丁寧に、きつくさらしが巻かれている。

ひきつったような痛みがあるが、まだ薬が効いているのだろうか、耐えられぬほどではない。

「鹿嶋は、来なんだか」

「いや、お前が起きる前までは、ここにいた。お前が抱えていた刀を見て仰天していたぞ。藤岡がどうのと言っていたから、何かまずかったのだろう」

「……ああ、そうか、そうか。悪いことをした」

藤岡の刀を持っていては、下手人は自分でございと言っているようなものだ。だが、鹿嶋はこれを逆に利用することにしたという。

「片腕の下手人は、鹿嶋に止めを刺されて川に落ちた、と報告するそうだ。あ奴の手柄になるな」

「おれが、鹿嶋に斬られた、と。……ふ、ふふ」

「そう考えると、いや、あり得んな。誰にも言えぬが、同門連中なら皆、腹を抱えて笑うだろうよ」

それだけ腕前に差があるのだが、藤岡襲撃の下手人は誰にも正体を知られぬままで終わるのだから、素直に鹿嶋が称賛されるに任せようと政頼は思った。

別れも言わずに去ったのは、どうやら言葉を交わすと未練が残ると思ったらしいのだが、同時に町方が捜索に来る前に解決したと伝えたかったらしい。

それもまた、政頼を守るためだ。

「というわけで、とっとと旅に出直すとしよう。ほれ、路銀は潤沢だからな。次の宿場町まで駕籠を使っても、まだまだ残るぞ」

「なんだその金は……ああ、わかったぞ。藤岡殺しの報酬だな」

「街道までは、ちょいと骨だがわしが背負ってやろう。さあ、暗くなる前には宿に入ろうぞ。わしはこの一晩野宿をして、苦手な梅干しの握り飯で我慢したのだ。何ぞ美味いものが食いたい」

「ああ、そうだな……」

ずんぐりとした大きな背中に背負われた政頼は、痛み止めのせいか睡魔に襲われながら頷いた。

「おれも、腹が減ったぞ。美味いものを、食おう」

「そうだ、飯を食うのだ。食って、生きていくのだ」

政頼からの返事はなかったが、耳元に寝息を感じていた勢庵は、にこりと笑って炭の上に土をかぶせた。薬箱を手にして、歩き出す。

葦原から見える太陽は、まだ明るく輝いている。

川面をなぞった涼やかな風にあおられて、旅の予感に心が軽やかに揺れていた。

痩せて軽くなった政頼を背負った勢庵が、背の高い草むらをかき分けてようやく街道へ出たところで、二挺並んだ駕籠と、その担ぎ手たちから出迎えを受けた。

「お待ちしておりやした」

ざわり、と背筋を寒くした勢庵であったが、駕籠かきたちは理京屋から金をもらって二人を迎えに来たと言う。

「理京屋の旦那から、あ、いやほとんど喋っていたのは女将さんでしたがね。お二人の旅立ちを、せめて途中まででもお手伝いしたいって話でして」

駕籠はいずれも町駕籠ながら引き戸がついた高価なものであり、駕籠かきたちも身なりがどことなくしっかりしている。

「あと、妙な注文もありやしたが」

「妙な注文とは」

勢庵が問うと、駕籠かきは町人髷の脇を指先で掻いた。

「ええと……まずはこいつを」

駕籠かきが見せた駕籠の中には、一振りの脇差が置かれていた。飾り気はまるでない黒拵《くろごしら》えのそれは、地味ながらとても上品で良いものだとすぐにわかる。

「あとはどこまでお送りするかって話ですがね。なんでも〝ご老体が一日歩いた程度は楽をさせてやってくれ〟なんて言われやしてね。いやぁ、どうも大店《おおだな》の御主人が考えることってのはよくわかりませんが、太っ腹であらせられる」

よほどたっぷりと報酬を受け取ったのだろう。駕籠かきたちは四人とも歯を見せて、不慣れな口調でからからと笑っていた。

対して、勢庵は再び背筋が凍えるような思いに顔を引きつらせている。勢庵は確かに、しばらく政頼と共に湯治へ出かける話を理京屋にしていた。しかし詳細までは話していないのだ。

独自の情報源を持っているようなことを言っていたが、一日分の遅れを駕籠で取り戻してくれるとは、果たしてどこまで見抜いているのやら、考えるだに恐ろしい。

しかし同時に、頼りにもなる。

勢庵はこの気遣いをありがたく利用させてもらうことにした。

「政頼、どうやら最初の宿場までは楽ができそうだぞ」

「うむ、うむ……」

意識が朦朧としているのだろう。か細い返答を寄越す政頼を、勢庵は脇差が置かれた籠の中にそっと座らせた。

「では、頼むよ。我が友は随分と疲れているのでね、子守り程度の揺れで収まるようにお願いする」

そして自分は重いから苦労をかける、と駕籠かきたちに心づけを渡すと、勢庵も自身のための駕籠に乗り込んだ。

「よし、行くぞ！」

「あいよっ！」

駕籠かきたちが威勢の良い声をあげた。

ふわりと駕籠が持ち上げられた感触を味わった勢庵は、安堵からの睡魔に身をゆだねて目を閉じた。

老人たちの湯治旅が、一日遅れてようやく始まる。


そうして政頼と勢庵が眠りについた頃、城に戻っていた鹿嶋は想像もしていなかった状況に置かれていた。

自分に仕事を押しつけた老中に謁見を求めたところ、なぜか本丸の中に導かれ、奥へ奥へと連れていかれたのだ。

目立たぬように取り急ぎ包んできた藤岡の刀は、前を進む見慣れぬ藩士が胸元に抱えている。

そして通された部屋に入ると、予感していた通りの人物がいた。

「と、殿……」

一度だけ目にしたことがある、新しい藩主。

鹿嶋よりも十は若いが、鋭い視線は何もかもを見通しているようで恐ろしい、と感じた最初の印象そのままに、部屋の奥に鎮座している。

鹿嶋が会いたかった老中は、右にいた。しかし、声は出さない。

「首尾良く、始末がついたと聞いた」

「はっ！」

「直言を許す。説明せよ」

平伏したままの鹿嶋は、藤岡暗殺は成功したと話した。

刺客は右腕を失ったまま葦原へと逃げたこと。そして藤岡から奪ったと思しき刀は回収し、刺客の死体は城原川に沈めた、と嘘を交えた報告を語る。

城に来る間に、必死に頭の中でまとめた内容を話す。

自分でも情けないほどに声が震えていた。

「確認しよう」

藩主が脇の部屋に声をかけると、するりと襖が開いて一人の武士が入ってきた。

どうも感情に乏しい、のっぺりとした顔つきのその男に、鹿嶋は見覚えがあった。

藤岡伊織の侍従をしていた藩士だ。

剣術は不得手として見分には同行していなかったが、標的の周辺人物として調査をしていた鹿嶋は、彼のことを知っていた。

「おう、その顔はこの男に見覚えがあるか」

「……言葉を交わしたこともない者に顔を覚えられるのは、初めてでございます」

驚く藩主に、藤岡の侍従は無表情のまま一礼して答えた。

藩主は「さもあろう」と頷く。

「お前の顔かたち、どうにも特徴らしきものが見当たらぬからなあ。で、これは藤岡の持ち物か否か」

「間違いございません。それに、遺体も確認いたしました。老中藤岡伊織は、死亡いたしました。見事に心の臓を一突きにされております」

何が起きているやらわからず混乱している鹿嶋が、救いを求めるように老中へと視線を向けた。

だが、その老中は全てを知っていたのかどうか、むっつりとした表情でただ虚空を見つめている。

「この者は、初めから余が間者として藤岡の傍に置いておいた者だ。騙したようになってしまったが、許せよ」

「め、滅相も……」

「しかし、お主が頼んだ刺客とやらは、大した腕前のようだ。それを始末するとは、鹿嶋とやら、お前もなかなか遣るのだな」

「滅相も……」

同じ言葉を繰り返す鹿嶋は、背中に嫌な汗をたっぷりとかいている。

もし、報告が嘘であり、政頼がまだ生きていると藩主に知れたら、この場で叩き斬られる可能性すらある。

出世どころの話ではない。

だが、鹿嶋はここでやるべきことがあると腹を括る。顎が痺れているような感覚に苦しみながら、口を開いた。

「恐れながら、一つお願いがございます」

「鹿嶋！」

黙っていた老中の叱責が飛んだ。

それを藩主は手で制した。

「許す。言ってみろ」

「今回、藤岡伊織が護衛に採用し、刺客の腕を斬り飛ばした空閑陽一郎なる男、拙者の友人の子であり、今回の結果を見ても剣の腕前は藩でも指折りかと」

「そういう者がいたか」

「惜しい男であります。折悪く腕を見込まれて藤岡伊織の子飼いのように扱われておりましたが、どうぞ、目をかけていただきますよう……」

これは老中に願い出るつもりだった内容だ。

藤岡を護れなかったと咎を受ける可能性もあるが、陽一郎は見事に下手人の右腕を斬り飛ばしており、結果として口封じに協力したのだと暗に伝える。

そして可能ならば藩主に存在を、それも剣士としての存在を印象付けておく。これだけでも将来が開けてくる。

「憶えておこう。……これで、藩政は安定するのだ。お前の働きにはとても感謝している。お前たち在郷の藩士にも、連れてきた連中にも、働きに対して充分に報いることができる」

「勿体ないお言葉でございます」

畳に額をぴったりと張りつける鹿嶋は、内心で腰が抜けるほど安堵していた。

過度に緊縮財政を唱える藤岡を排除したことで、居残り組と新参者の両陣営、そして藩が抱える町へと金を行き渡らせることができるのだ、と藩主は喜んでいる。

金がないのも問題だが、流れを止めて経済を停滞させること、それが新参者たちへの憎悪にすり替わってしまう可能性を、心配していたらしい。

「話はこれまで。空閑とやらの件も含めて、褒美については追って沙汰する。お前も、もう良いぞ」

「はっ」

間者と言われた藩士と、鹿嶋は揃って部屋を後にした。

手のひらがねっとりと汗で濡れているのを袴で拭いながら、間者と隣り合って廊下を進む鹿嶋は、一刻も早く城を出て家に帰りたかった。

ちらりと隣を見遣ると、視線が合ってしまう。

「あっ」

「これは失礼。どのような御仁かと観察するのも私の役目でございますれば……。それにしても今回の件においては、大変なことでしたね。私はまだ地理や居残り組たちの情勢に不案内でして、非常に助かりました」

「な、なんの。同じ藩の者。藩の将来を案じる者として……」

「感謝のしるしとして、政頼どのの行方はわたくしの胸に仕舞っておきます。……いやはや、痩せたご老体といえど、抱えて運ぶのは苦労しましたよ」

では、と一礼して先に出た藩士が、数歩滑るように進み、ふと振り返る。

「あの刀、よもや自分のものにするのかと思いましたが、素直にここへお持ちになられるとは。いやはや感服いたしました。正直者とは、長く縁を繋いでいたいものです。それでは」

立ち尽くした鹿嶋は、油断すると失禁してしまいかねないほどに驚いていた。

気に入られたのか、釘を刺されたのか。

胃がキリキリと痛みだして、自分が器に合わぬほど政治の奥まで入り込んでしまい、出られなくなっている状況に恐怖する。

「ああ、わしも勢庵と共に旅に出るべきであった。急ぎ弥四郎に家督を譲り、今からでも追いかけるべきか」

悲鳴のような呟きを一つこぼし、できもしないことを声に出してみる。

すぐに職を辞するなど不可能だ。政頼との約束である、陽一郎の出世も後押しし、見届けねばならぬ。第一、まだ弥四郎に座を譲るには不安が大きい。

老中に空席ができ、藩内はしばらく騒々しくなるだろう。まだ転封の混乱も残っている状況だが、殿はこの波紋をどう収めるつもりでいるのか。

「湯治か。おのれ、わしも近いうちに行ってやるぞ」

友人たちと温泉宿で再会し、共に風呂で語り合うのも悪くない。

長い休みをもらうにはまだまだ片付けねばならぬ問題は山積しているが、目標があれば張り合いも出るというものだ。

「待っておれよ。嫌と言うほど愚痴を聞かせてやる」

本丸を出た鹿嶋を、朱く染まる夕陽が迎える。

今頃、二人は最初の宿に着いた頃合いであろうか。政頼の傷の具合はどうか。勢庵も不慣れな長旅で足を痛めていたりはしないだろうか。

悪態を吐きたいと思いながらも、鹿嶋の胸中には友への気遣いばかりがこみ上げてくるのであった。

世に背を向けて生きてきた侍は、

## 今、友を救うため、無双の秘剣を抜き放つ!

北陸の小藩・御辻藩《みつじはん》の藩士、佐々木景久《ささきかげひさ》。人並外れた力を持つ彼は、自分が人に害をなすことを恐れるあまり、世に背を向けて生きていた。だが、あるとき竹馬の友、池尾彦三郎《いけのおひこさぶろう》が窮地に陥る。そのとき、景久は己の生きざまを捨て、友を救うべく立ち上がった——

◎定価:737円(10%税込み)　◎ISBN978-4-434-31005-8　◎Illustration:はぎのたえこ

江戸は谷中で用心棒稼業を営み、「閻羅遮」と畏れられる男、萩尾大楽。家督を譲った弟が脱藩したことを報された彼は、裏の事情を探り始める。そこで見えてきたのは、御禁制品である阿芙蓉（アヘン）の密輸を巡り、江戸と九州の故郷に黒い繋がりがあること。大楽は弟を守るべく、強大な敵に立ち向かっていく——閻魔の行く手すら遮る男が、権謀術数渦巻く闇を往く！

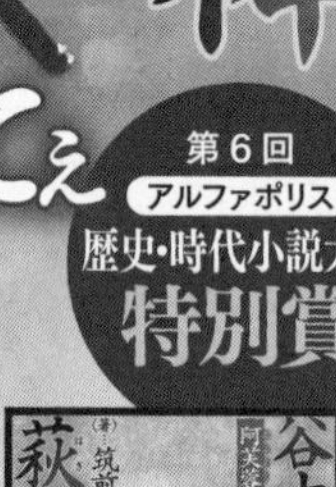

◎定価：792円（10%税込み）　◎ISBN978-4-434-29524-9　◎Illustration：松山ゆう

居残り方治、鵺月夜

いのこり
ほうじ
ぬえづくよ

鵜狩三善
うかりみつよし

鵺の啼く夜、
ぬえ　　な　　よる
必殺の白刃が煌めく

とある藩の遊郭、篠田屋に遊興費を払えぬ居残りとして
住み込みをする浪人、方治。
ほうじ
しかし彼の実態は、楼主の求めに応じ暗躍する剣客で
もあった。そんな彼はある日、仔細あって他藩で起きた猟
奇的な事件の調査を助太刀することに。そこで方治は、
忍の技を用いる奇妙な男と対峙する。
だが、この一件はただのきっかけに過ぎなかった。方治
と篠田屋は、この後、藩政を狙う謎の忍軍と激突し――

居残り方治、鵺月夜
鵜狩三善
時代小説

鵺の啼く夜、
必殺の白刃が
煌めく
全身を狙って解き放つ
鋭刃で斬りかかる白刃が煌めく

◎定価:本体737円(10%税込)　　◎ISBN978-4-434-27625-5　　◎illustration:永井秀樹

この作品に対する皆様のご意見・ご感想をお待ちしております。

おハガキ・お手紙は以下の宛先にお送りください。

【宛先】

〒150-6008 東京都渋谷区恵比寿4-20-3 恵比寿ｶﾞｰﾃﾞﾝﾌﾟﾚｲｽﾀﾜｰ 8F
（株）アルファポリス　書籍感想係

メールフォームでのご意見・ご感想は右のＱＲコードから、
あるいは以下のワードで検索をかけてください。

アルファポリス　書籍の感想　検索

ご感想はこちらから

アルファポリス文庫

# あしでまとい　御城下《ごじょうか》の秘技《ひぎ》

井戸正善（いど まさよし）

2022年 10月 30日初版発行

編集－山田伊亮
編集長－倉持真理
発行者－梶本雄介
発行所－株式会社アルファポリス
〒150-6008東京都渋谷区恵比寿4-20-3 恵比寿ｶﾞｰﾃﾞﾝﾌﾟﾚｲｽﾀﾜｰ8F
TEL 03-6277-1601（営業） 03-6277-1602（編集）
URL https://www.alphapolis.co.jp/
発売元－株式会社星雲社（共同出版社・流通責任出版社）
〒112-0005 東京都文京区水道1-3-30
TEL 03-3868-3275
装丁イラストー浅野隆広
装丁・地図デザインーAFTERGLOW
印刷－中央精版印刷株式会社

価格はカバーに表示されてあります。

落丁乱丁の場合はアルファポリスまでご連絡ください。

送料は小社負担でお取り替えします。


ISBN978-4-434-31004-1 C0193